Luciana Sandroni

Ludi
NA CHEGADA E NO **BOTA-FORA** DA **FAMÍLIA REAL**

ILUSTRAÇÕES DE
EDUARDO ALBINI

2ª edição

Copyright do texto © 2008 by Luciana Sandroni
Copyright das ilustrações © 2008 by Eduardo Albini
Copyright do projeto gráfico © 2008 by Silvia Negreiros

*Grafia atualizada segundo o Acordo Ortográfico da Língua
Portuguesa de 1990, que entrou em vigor no Brasil em 2009.*

Preparação de originais: Hebe Coimbra
Revisão tipográfica: Tereza da Rocha, Sheila Til e
Karina Danza

Dados Internacionais de Catalogação na Publicação (CIP)
(Câmara Brasileira do Livro, SP, Brasil)

Sandroni, Luciana
    Ludi : na chegada e no bota-fora da família real /
Luciana Sandroni ; ilustrações de Eduardo Albini. — 2ª ed. —
São Paulo : Escarlate, 2023.

   ISBN 978-65-87724-27-0

   1. Literatura infantojuvenil I. Albini, Eduardo. II. Título.

22-132185   CDD-028.5

Índices para catálogo sistemático:
1. Literatura infantil 028.5
2. Literatura infantojuvenil 028.5

Aline Graziele Benitez — Bibliotecária — CRB-1/3129

2ª edição
2ª reimpressão

Todos os direitos desta edição reservados à
SDS EDITORA DE LIVROS LTDA.
Rua Bandeira Paulista, 702, cj. 71D
04532-002 — São Paulo — SP — Brasil
☎ (11) 3707-3500
www.companhiadasletras.com.br/escarlate
www.blogdaletrinhas.com.br
/brinquebook
@brinquebook

FOI UMA JOGADA SENSACIONAL: Ludi, a nossa Marquesa dos Bigodes de Chocolate, veio com a bola pela lateral esquerda, driblou uma, ultrapassou outra, preparou, apontou e... goooolllll!!!

— Urruuuull! Gooool! Goooolaço! — gritou Ludi.

No recreio da 402 não se fazia outra coisa: as meninas jogavam bola no pátio fervorosamente porque a Olimpíada da escola ia começar e a de Pequim também, é claro. Ludi, Camila, Luiza, Manu, Gabi, todas sonhavam em ser a futura Marta da Seleção Brasileira, a melhor jogadora do mundo. Quando o sinal tocava era um deus nos acuda para fazer a galera voltar para a sala, mas, no final, não tinha jeito: hora da aula. Todas voltavam suando e fazendo a maior algazarra:

— Você viu aquela jogada?

— Eu não acreditei...

— E o segundo gol, não foi demais?

No ônibus da escola, Ludi, agarrada na bola, conversava a mil com a Camila e nem notava o caos no trânsito da Rua das Laranjeiras. Os carros se empilhavam uns nos outros e parecia que nunca mais se mexeriam. Era buzina e gritaria, tudo ao mesmo tempo:

— Anda, meu irmão! — gritava um.

— Passa por cima, mané! — respondia outro.

De repente apareceu uma ambulância com sirene estridente pedindo passagem. Mas como? Não passava ninguém. O trânsito tinha dado um nó!

Depois de uma hora, finalmente chegaram ao Flamengo. Seu Cláudio, o motorista, teve de chamar a Ludi umas trezentas vezes, de tão entretida que ela estava com a conversa.

— Ludi! Chegamos!

— Mas já?!

Em casa, a Marquesa entrava com a bola toda em "campo", isto é, na sala, e ia driblando a cadeira e depois a mesinha de centro até bater de frente com a zagueira Marga, que fazia uma marcação intensa:

— Nem pensar, Ludi. Não me vem com essa bola, que a sala *tá* encerada.

— Ah, Marga...

— Nem "a" nem muito menos "b" de bola. Lugar de jogar é lá no *play*, e a Marquesa sabe muito bem disso.

Ludi foi tirando os tênis com os pés e se jogando no sofazão:

— Marga, a coisa que eu mais quero é ser jogadora de futebol quando eu crescer.

— Ah, é? E sabe qual é a coisa que eu mais quero? Que você tire esses tênis fedorentos da sala que eu acabei de arrumar — resmungou Marga. — Pelo visto, hoje você jogou até dizer chega!

— Será que vou ser a futura Marta da Seleção, Marga?

— Não sei. Não tenho bola de cristal. Mas sei que no futuro próximo você vai tirar esses tênis daqui e vai tomar banho, antes que a dona Sandra chegue.

E por falar em dona Sandra, onde estaria a mãe da Ludi? Na redação do jornal, escrevendo uma matéria sensacional para a primeira página? Uma reportagem incrível sobre a descoberta que irá salvar o mundo do aquecimento global? Não! Dona Sandra estava no supermercado fazendo compras mesmo: leite, batata, açúcar... A mãe da Ludi chegava tarde do jornal, com as infalíveis duzentas sacolas de supermercado, sempre cansada, reclamando do engarrafamento quilométrico. Dona Sandra só não podia dizer que o Rio de antigamente era melhor; depois da aventura da Revolta da Vacina, ela nunca mais disse nem pensou isso. Ludi não perdoava, saía do banho com todo o gás e com a torneirinha aberta:

— Mãe, você comprou o meu biscoito recheado? E o meu iogurte? E o meu chocolate...

— Ludi! Geralmente, as pessoas quando se encontram cumprimentam-se primeiro, sabia? Como tem passado a senhorita?

— Oi, mãe, tudo bem? Você *tá* estressada hoje?

Dona Sandra riu:

— Não, filha... Vem cá dar um beijo na mamãe.

— Mãe, hoje eu fiz um golaço. Foi demais! Ah, mãe, sabe que eu *tô* superprecisando de uma chuteira nova? É que a minha já *tá* toda arrebentada.

Dona Sandra notou que a filha ia começar a pedir uma lista infinita de coisas.

— Ludi, filhota, eu acho ótimo que você jogue futebol, mas essa sua mania de comprar tudo será que não podia acabar?

— Mas mãe...

— Ludi, agora não, mas no seu aniversário você pode me pedir o que quiser...

— Jura? Oba! Então vou fazer uma listinha...

E saiu correndo toda animada.

— Não, Ludi, listinha não, minha filha... Ai, meu Deus! Essa menina vai querer comprar um shopping inteiro!

DOS FILHOS, A LUDI ERA realmente a que mais curtia futebol. Rafa, o irmão mais velho, gostava de jogar e assistir às partidas, mas não era fanático como a irmã; ainda estava ligado na fotografia e agora o seu xodó era uma minicâmera digital. Chico, o irmão do meio, nem ligava para futebol. Ludi dizia que ele tinha "defeito de

fabricação". O menino continuava às voltas com sua mania de "Detetive Aranha". Cada vez mais moderno, agora, além de lente de aumento e caderninho de anotações, tinha uma lanterna superbacana e um binóculo do último tipo dado de presente pela tia Isaurinha. E o seu Marcos? Também era bem animado com o esporte bretão, mas, naqueles dias, o pai da Ludi vivia enfurnado em uma montanha de livros de História. Aliás, a casa da família Manso parecia uma biblioteca. Havia livros e revistas espalhados por tudo quanto era canto: na mesa, no chão, no escritório. Marga vivia reclamando:

— Dona Sandra, já está na hora do jantar, mas o seu Marcos não tira aquele mundaréu de livros lá da mesa. É tanto livro! Parece até que eles dão cria...

Dona Sandra vinha rindo do quarto para socorrê-la:

— Marcos! Querido, precisamos arrumar a mesa para o jantar...

E sobre o que eram esses livros, afinal? Sobre a vinda da Família Real para o Brasil. Estavam para começar as comemorações dos 200 anos da chegada de Dom João, Dona Carlota Joaquina e a Rainha, Dona Maria I, a Louca, ao Rio de Janeiro. Um dos acontecimentos mais importantes da história do país. Marga ficava indignada:

— Mas e o Cabral? Ele foi o primeiro a vir de Portugal para cá e agora quem leva a fama é essa Família Real?!

— É que, depois da chegada dos europeus, em 1500, a colonização foi só de exploração, Marga, não foi de ocupação; mas com a vinda de Dom João para cá, uma província como o Rio de Janeiro virou, de uma hora para outra, uma metrópole europeia.

Marga não se convencia; para ela, Pedro Álvares Cabral era mais importante e pronto. Mas seu Marcos não tinha tempo para discussões e só pensava e respirava a Família Real, porque na faculdade de História haveria congressos, mesas-redondas, seminários, peças de teatro, tudo coordenado por ele.

Durante o jantar era sempre o mesmo tema: a chegada da Família Real para cá, Napoleão para lá, Rio colonial para acolá.

— Quem sabe por que Dom João e Dona Carlota vieram para o Brasil?

— Porque queriam pegar uma corzinha na praia?

— Ai, Ludi, todo mundo sabe que Dom João veio fugindo de Napoleão, não é, pai? — perguntou Rafa, muito sabido.

— O fator decisivo foi esse. Napoleão queria dominar a Europa, e Portugal não tinha como enfrentá-lo. A única coisa é que alguns historiadores não chamam de fuga, mas sim de "mudança provisória". Mas houve outros fatores que influenciaram na vinda da monarquia para cá.

— Viu? Eles também queriam pegar uma corzinha — comentou a Marquesa, fazendo uma careta para o irmão.

— Não, filhota... a última coisa que eles pensavam era em pegar uma cor na praia.

— Mas até que Dom João gostava de tomar uns banhos na Praia do Caju, não é, Marcos? — disse dona Sandra.

— Essa é uma história engraçada: Dom João teve um carrapato cravado na perna que, depois de retirado, inchou muito. O médico receitou banhar a perna todos os dias com água do mar, só que o Príncipe tinha medo de ser mordido por caranguejos...

— Ah, pai, jura?

— Que medroso!

— Construíram para ele uma banheira de madeira do lado da praia, e assim ele era banhado pelos criados "em segurança".

— Essa é boa! Ele inaugurou o banheirão do Caju!

— E você, Chico? Sabe por que Dom João já pensava em vir para o Brasil?

Chico, completamente alheio à conversa, vivia um dilema existencial; não sabia se enfrentava primeiro o espinafre ou o peixe.

— Ah, pai, puxa, sei lá...

— Come, Chico! Para de enrolar.

— Sabia que o Einstein não gostava de peixe nem de espinafre? — Chico era craque em enrolação.

— Não diga?! Agora come.

Depois que Chico descobriu que Einstein, o célebre físico, repetiu de ano, resolveu usá-lo para todas as desculpas. Mas o assunto principal ali era a vinda de Dom João e sua Corte:

— Seu Marcos, deixa de suspense; por que, afinal, essa família da realeza veio pra cá? Não era só fugindo desse tal Napoleão Bonaparte? — perguntou Marga, a mais interessada na conversa.

— A invasão francesa, do general Junot e seus soldados, foi o fator decisivo para a fuga da Família Real, mas muita gente não sabe que a monarquia portuguesa já tinha planos de se mudar para o Brasil havia muitos anos. O Novo Mundo, como eles chamavam o nosso continente, sempre representou uma saída para a Europa decadente. A Revolução Francesa, que levou seus Reis à guilhotina, espalhou o pânico nas Cortes europeias com os terríveis exércitos de Napoleão. Além disso, Portugal era um país pequeno, que vivia basicamente da exploração das suas colônias.

— Vivia explorando o pau-brasil aqui da gente, né, pai?

— Já não era mais o pau-brasil nem o ouro, Ludi, era o açúcar, o algodão, o tabaco. O Brasil era o principal fornecedor de matéria-prima. Vindo para cá, eles se protegiam da Espanha, país vizinho que sempre ameaçou Portugal e que naquela ocasião tinha se aliado à França. Dom João, que ainda não era Rei, e sim Príncipe Regente, tomou a decisão certa para ele ao atravessar o oceano, salvando a monarquia e todas as colônias.

— Mas veio todo mundo de Portugal? A população toda?

— Não. Vieram a Família Real e seus empregados: cirurgiões reais, damas de companhia, cozinheiros, pajens, encarregados da roupa, enfim, milhares de pessoas que trabalhavam nos palácios. E além deles vieram os conselheiros de Estado, assessores militares, juízes, advogados e pessoas ricas com todas as suas famílias.

— Quer dizer que o povão mesmo ficou lá, encarando os soldados franceses?!

— Ficou.

— O povo sempre paga o pato — filosofou Marga.

— Os portugueses não acreditaram naquela debandada geral da Corte. Sentiram-se traídos, revoltados. Eles tiveram de enfrentar, sozinhos, os soldados franceses. Foi um período sombrio para Portugal. Mas aqui houve uma transformação imensa na cidade. Acolher a Corte portuguesa de uma hora para outra foi uma loucura. O governo daqui só recebeu a notícia vinte dias antes da chegada da Família Real.

— Mas quantas pessoas vieram com eles? — perguntou Rafa.

— Nessa questão, há controvérsias. Uns dizem que foram 10 mil, outros, 12 mil, e outros, 15 mil pessoas.

— Ah, isso é fácil saber. É só ir lá para 1808 e contar — disse Ludi, distraidamente, dando uma garfada na batata.

De repente toda a família Manso parou de mastigar e olhou para Ludi como se ela tivesse dito a coisa mais extraordinária do mundo:

— Por que é que vocês estão me olhando? — perguntou ela, de boca cheia.

— O que é que você disse mesmo, Ludi?

— Ué! Eu disse... que é só ir lá para o Rio de 1808 e contar, pra ver quantas pessoas vieram.

Os olhos do seu Marcos quase pularam de tão arregalados. Dona Sandra ficou de boca aberta. Rafa e Chico também ficaram meio abobados com aquela ideia:

— Puxa, pai! Seria maneiro!

— Uau! Viajar no tempo de novo!

Depois de ter viajado para o Rio de 1904 pelo Arco do Teles e de ter participado da Revolta da Vacina, a família Manso nunca mais havia pensado na hipótese de voltar ao passado. Dona Sandra e seu Marcos receavam que os filhos alterassem o rumo da História. Mas aquela era, sem dúvida, uma ideia genial! Como não repeti-la? Só Margarida, que tinha os pés bem firmes no chão e era medrosa toda vida, teve opinião diferente:

— Ah, não. Nem pensar. Eu não arredo o pé daqui. Esse negócio de viajar no tempo de novo, não!

Seu Marcos, atarantado, sem saber o que fazer, deu um pulo da cadeira e começou a andar de um lado para o outro.

— Eu não acredito! Nós em 1808 vendo a Família Real chegar?! Vendo Dom João VI?! Mas isso seria fantástico, seria estupendo, seria extraordinário! Como é que eu não pensei nisso antes?

Para um professor de História, a ideia de viajar para o Rio de 1808 era alucinante, mas, de repente, ele parou em frente à filha, muito admirado, como se só naquele momento percebesse que Ludi era uma menina especial e que coisas excepcionais aconteciam com ela.

— Mas, Ludi, você tem certeza de que nós podemos viajar no tempo outra vez?

— Ué, se a gente já foi para 1904, por que não pode ir para 1808? É só lembrar direitinho o que a gente fez, não é, mãe?

— É... acredito que sim, filha — disse dona Sandra, ainda confusa.

— Sandra, eu não *tô* acreditando nisso! Querida, nós vamos conhecer Dom João, Carlota Joaquina, Dom Pedro ainda criança!

Seu Marcos começou a delirar:

— E quem sabe nós levamos a Família Real para o meu seminário? Já pensou, Dom João numa mesa-redonda? Vamos ter de preparar um verdadeiro banquete para ele, porque o Príncipe Regente era um bom garfo. Os professores não vão acreditar...

Dona Sandra notou que o marido já estava extrapolando:

— Marcos, calma. Senta e respira fundo — disse ela, puxando uma cadeira. — Olha, querido, eu acho genial a ideia de ir, mas ir, ver e voltar. Nada de ficar trazendo gente pra cá. O Pereira Passos quase teve um treco quando viu o Rio de agora, imagina Dom João? E tem outra coisa: ninguém vai acreditar que ele é o Dom João de verdade.

— É, acho que você tem razão... Delirei. Vamos para lá incógnitos.

— "Incó" o quê? — perguntou Ludi.

— Incógnitos. Vamos secretamente, disfarçados, sem falar com ninguém, sem fazer alarde.

— Vocês?! Sem fazer alarde?! Com essa turma? — exclamou Marga, apontando para Ludi, Rafa e Chico. — Du-vi-de-o-dó!

Os três começaram a falar se atropelando:

— Eu posso levar a minha minimáquina fotográfica, né, pai?

— E eu vou levar o meu kit de detetive! Vou desvendar todos os mistérios da colônia! — gritou Chico.

— E eu vou levar a minha bola, mãe.

— Bola?! Pra que bola, Ludi?

— Não posso deixar de treinar nem um dia! — enfatizou a menina.

— Que exagero, filha.

— Ah, mãe, enquanto a Família Real não desembarca, posso chamar umas meninas para jogar.

— Filha, as meninas nessa época não saíam de casa e muito menos jogavam futebol.

Marga ouvia tudo, boquiaberta:

— Mas, dona Sandra, seu Marcos, eu não estou acreditando que vocês vão viajar no tempo de novo e ainda acham que ninguém vai notar vocês. Já não basta o susto que foi lá na "reviravolta da vacina"? E se a Ludi aprontar com o Príncipe? E se a Ludi deixar a Rainha louca?

— Era essa a Rainha que era chamada de louca? Por que mesmo, pai? — perguntou Rafa.

Seu Marcos voltou a dar um tom didático à conversa, como se estivesse em sala de aula:

— Depois que o filho primogênito, Dom José, morreu de varíola, a Rainha, Dona Maria I, começou a demonstrar sinais de demência. Esse filho é que seria o Rei de Portugal e não Dom João, daí toda a insegurança dele.

— Coitada dessa Rainha... mas e essa Dona Carlota e o Dom Pedro? E se a Ludi aprontar com essa gente toda? Se eu fosse vocês, abria o olho. Digo e repito: cerca malfeita convida o boi a passear.

— Marga, deixa de ser chata. Eu não vou fazer nada. Nem queria voltar ao passado, preferia mil vezes ir para Pequim ver a Olimpíada.

— Sei... aposto que vão querer ver a Praia de Copacabana sem prédio nenhum e vão se meter em confusão com o Príncipe...

Dona Sandra e seu Marcos notaram que Margarida tinha toda a razão. Na aventura da Revolta da Vacina, foi uma sorte muito grande, para não dizer um milagre, não ter acontecido nada. Agora, na certa, as crianças iriam aprontar. Mas, ao mesmo tempo, era irresistível a ideia de ir para 1808 e ver a Família Real desembarcando. Seu Marcos encarou os filhos e falou sério:

— Ludimila, Rafael e Francisco, vocês têm de me prometer que vão se comportar, que não vão mudar um milímetro da História nem vão sair de perto da gente.

Rafa, Chico e Ludi se entreolharam e, sem a mínima convicção, disseram em coro:

— A gente promete, pai.

Marga percebeu que aquilo era a mais pura e cristalina enganação:

— Mas, dona Sandra, seu Marcos, vocês vão cair nessa?! Ai, meu São Benedito! Tem pai e mãe que são cegos!

Os pais da Ludi estavam tão animados que nem davam mais ouvidos a Marga. Dona Sandra já fazia mil planos:

— Para irmos incógnitos, precisamos de roupas daquela época... Quem teria calças e vestidos típicos de uma família do Rio colonial?

Todos começaram a refletir sobre o assunto, até que Chico teve uma ideia brilhante:

— Já sei! O papai disse que vai ter uma peça na universidade, não é, pai?

— É verdade. Mas o que isso tem a ver?

— Elementar, professor Marcos — disse Chico, brincando de Sherlock Holmes. — A gente pode pegar umas roupas emprestadas.

— É... até que não é má ideia. Posso ir até lá amanhã bem cedo e pegar algumas peças do figurino.

— Precisamos levar também alguma provisão: sanduíches, frutas, água. Marga, você arruma isso?

— Arrumo. Mas eu só queria dizer uma coisa...

Antes de completar a frase, Margarida fez uma cara bem melodramática, *à la* Dom Pedro I:

— Eu quero dizer que... dessa vez eu não vou. Eu fico.

Todos ficaram decepcionados, menos Ludi, que achava que a Marga ia ficar no pé dela.

— Como você não vai? Que absurdo! Você gosta tanto de História. Sempre fica tão interessada nas aulas... quer dizer, nas conversas do Marcos.

— Deixa, mãe, a Marga não quer ir. A gente não pode obrigar, né?

Margarida notou as péssimas intenções da Ludi e mudou da água para o vinho:

— Pensando bem, dona Sandra, acho que vou, sim. Estou louquinha para ver esse Dom João desembarcando e, além disso, tem certas pessoas em quem eu tenho de ficar de olho — informou, encarando a Marquesa.

— É? Mas olha que a gente *tá* indo para o tempo da monarquia, tempo da forca — disse Ludi, amedrontando a cozinheira.

Marga quase voltou atrás com esse argumento tão convincente, mas seu Marcos disse:

— Marga, não vai acontecer nada. *Tá* tudo bem. Nós vamos incógnitos e, se alguém aprontar alguma coisa, retornaremos imediatamente. Ouviu, Ludimila Manso? — Perguntou encarando a filha.

— Aprontar?! Eu?! — indagou a menina com cara de sonsa.

Então, estava tudo decidido: seu Marcos iria pegar as roupas bem cedo na universidade, Marga iria fazer um farnel e eles iriam no final da manhã.

Foi difícil a família Manso dormir naquela noite. Todos só pensavam na incrível aventura que seria viajar de novo no tempo e ver o desembarque da Família Real e de toda a Corte portuguesa.

MAL ROMPEU O DIA, dona Sandra e Marga prepararam um café da manhã reforçado: suco, frutas, pão, leite, café, queijo, bolo de laranja fumegante, hum... dá até para sentir o cheirinho. Seu Marcos, que não conseguiu pregar os olhos, já tinha saído para pegar emprestado alguns figurinos da peça, torcendo para que houvesse roupas para as crianças também.

Durante o café, dona Sandra levou um livro enorme para a mesa. Era uma obra com pinturas de vários artistas que retrataram o Rio daquela época: Debret, Thomas Ender, Rugendas.

— Vendo essas pinturas, já temos uma prévia do que vamos ver lá no Rio de 1808. O Debret fez parte de um grupo de artistas que mais tarde veio a ser conhecido como Missão Francesa. Eles eram pintores, escultores e arquitetos renomados. Com a queda de Napoleão, esse grupo veio junto para o Brasil e pediu o apoio de Dom

João para ficar por aqui: como não havia artistas daquele valor, eles foram muito bem-vindos.

Ludi, Rafa, Chico e Marga começaram a observar as pinturas.

— Olha! Só tem escravizados nas ruas!

— Nessa época, os escravizados faziam todos os serviços. O homem branco não trabalhava nem por um decreto.

— É... igualzinho a certas crianças que eu conheço — comentou Marga, provocando Rafa, Chico e Ludi.

— Puxa! Como Dom João era gordinho!

— Bem que o papai disse que ele era um bom garfo.

— Olha as pessoas fazendo fila para beijar a mão do Príncipe — disse Rafa, ao ver uma gravura com a assinatura A.P.D.G.

— Aqui é a cerimônia do "beija-mão". Quem queria algum favor ou emprego do Príncipe Regente ia a essa cerimônia — disse dona Sandra.

— Olha, um homem escrevendo sentado na rede! Coitado, devia sentir uma dor nas costas!

— Essa pintura é do Debret. Chama-se *Sábio trabalhando em seu gabinete* e mostra bem a precariedade do Rio colonial.

— Não tinha nem mesa, só bancos.

— Mesmo nas casas das pessoas mais ricas não havia muitos móveis. Nada era fabricado aqui. Tudo tinha de vir de Portugal — disse dona Sandra.

— E nas escolas? Cada aluno tinha a sua rede em vez de carteira?

— Não, Ludi — respondeu dona Sandra, rindo. — Os alunos dormiriam nas redes, principalmente você, que é dorminhoca.

— Ué, então como era?

— Simples: não havia escolas no Brasil nessa época.

— Jura?! Então a colônia era na verdade uma colônia de férias sem fim! — comentou Chico, animado.

— Não, filho. Portugal queria manter o Brasil bem ignorante, por isso proibia a criação de escolas e universidades. Quem queria estudar tinha de pagar professores particulares e depois seguir com os estudos na Europa. Aqui no Brasil não tinha imprensa, não havia editoras. A colônia dependia da metrópole para tudo, até para comer e se vestir.

— Ué? Como assim?

— Portugal proibia o cultivo da vinha, do trigo e de tudo que pudesse fazer concorrência com os produtos da metrópole. Nós só podíamos produzir o que era exportado para lá. E as roupas tinham de vir de lá também porque aqui não podiam existir fábricas ou teares.

— Então o que a gente vai fazer nesse Rio que não tem comida, nem mesa, nem roupa, nem nada? — perguntou Ludi.

— Ué, a gente vai lá só pra você beijar a mão do Dom João! — debochou Rafa.

— Eu?! Prefiro a forca!

Enquanto isso, seu Marcos chegou com os figurinos, e foram todos correndo para a sala ver as roupas.

— Uau! Quanta roupa!

Foi um tal de chapéus, vestidos, calças e casacas voando para lá e para cá. Todos mexiam e xeretavam tudo. Dona Sandra ficou com um vestido que ia até os pés, um xale que cobria os braços e um chapéu.

— Ei, até que não ficou mal — disse ela, olhando-se no espelho.

Depois foi a vez da Ludi, que ficou igual à mãe, só que em miniatura. Chico e Rafa pegaram no pé da irmã:

— A Ludi *tá* engraçada! *Tá* de camisola!

A Marquesa fez uma careta para os irmãos, mas ficou injuriada mesmo foi com outra coisa:

— Ora, bolas! Como é que eu vou jogar bola vestida deste jeito?

— Ludi, você não vai jogar futebol em 1808. Põe isso na cabeça.

Ludi detestou o vestido, mas logo teve a ideia de ficar de shorts e camiseta por baixo da "fantasia". Assim era só tirar o vestido na hora de jogar.

Depois foi a vez dos meninos e do seu Marcos. Os homens daquela época usavam calças apertadas até o joelho e casacas com golas bem altas. Chico e Rafa também não gostaram nada das roupas:

— A gente vai ter de usar isto?! Que roupa mais esquisita!

— Parecem dois almofadinhas! — vingou-se a irmã.

— Seus chatolas, foram essas as roupas que eu arranjei. Quem não quiser ir não é obrigado. A escravização já acabou — declarou seu Marcos, fechando o tempo.

Os meninos calaram o bico. Marga, toda prosa, veio do seu quarto com um vestido branco solto que batia nos pés e um xale cobrindo os ombros:

— Parece que eu vou a um baile.

Pronto! Estavam todos vestidos como mandava o figurino. Depois de rirem muito um do outro, a família se preparou para sair, o que, como sempre, era uma missão quase impossível para os Manso: seu Marcos esqueceu onde pôs a chave do fusquinha e todo mundo começou a procurar. Dona Sandra, distraída, pegou o celular. Marga já ia esquecendo a cesta com o lanche. Ludi pegou uma mochila para levar a bola – o que, não perguntem como, ninguém notou. Rafa já estava com sua câmera no bolso, e Chico com seu kit de Detetive Aranha a postos.

Finalmente o bonde da História ia partir! Eles saíram pé ante pé, pegaram o elevador torcendo para não encontrar ninguém e foram direto para a garagem. Quando estavam quase entrando no carro, chegou Severino, o porteiro, que estranhou muito aquelas roupas.

— Bom dia, seu Marcos, dona Sandra! Nossa! Pelo jeito, vocês vão a um baile de carnaval — comentou, querendo jogar conversa fora.

— Pois é... — confirmou dona Sandra, sem querer mentir, mas já mentindo. — Até loguinho, Severino.

— Mas, vixe! Um baile a essa hora da manhã?

Margarida foi despachando o porteiro com aquele seu jeito "delicado" de ser:

— Severino, não é da sua conta aonde a gente vai ou deixa de ir. Dá licença.

Entraram rapidamente no fusquinha e saíram direto para a Praça XV de Novembro, ou melhor, para o Largo do Paço.

NO CAMINHO, as crianças continuaram reclamando das roupas, que pinicavam, que eram quentes, que eram isso e aquilo outro. Seu Marcos quase parou o carro para expulsar "os três chatolas". O fusquinha veio bem pela Praia do Flamengo até chegar à Avenida Presidente Antônio Carlos e entrar na Rua Primeiro de Março, mas lá a turma desanimou:

— Droga! Esta Primeiro de Março vive parada! — resmungou dona Sandra. — Será que não existe um engenheiro de trânsito que resolva esse problema?!

— Calma, meu bem. Eu posso aproveitar o tempo e falar um pouco sobre a Princesa Carlota Joaquina.

— Ah, pai... aula não... — reclamou Ludi, espremida entre os irmãos e Marga.

— Pode falar, seu Marcos. Adoro histórias de princesas. São sempre tão bonitas, tão românticas...

— Só que, na realidade, a vida das princesas não é um conto de fadas, Marga. Ao contrário, não tem nem um pingo de romance.

— Jura? Que tristeza... Mas nem um beijinho?

— Para começar, Dona Carlota, no dia do seu casamento, mordeu violentamente a orelha de Dom João.

As crianças começaram a rir.

— É mesmo?! Legal! — disse Ludi, se interessando.

— E por que ela fez isso? — perguntou Marga, espantada.

— Porque ela estava com fome, ué! Ela era uma princesa canibaaaal!

— Não, Chico. Claro que não. Quando Dona Carlota se casou, ela ainda era uma menina, tinha 10 anos de idade. E, desde pequena, seu gênio era superforte. Além disso, é claro que estava odiando o fato de ter deixado sua família e seu país, a Espanha.

— Casar-se aos 10 anos! Que horror! — comentou dona Sandra. — E Dom João tinha quantos anos?

— Tinha 18. Foi no ano de 1785. Naquele tempo, a nobreza se casava para fortalecer alianças. O casamento se realizava por interesse político.

— E a Princesinha geniosa aprontou mais coisas? — perguntou Ludi, animada.

— Muita coisa. Jogava comida na cara dos empregados e na cara de Dom João. Acordava tarde. Não obedecia a ninguém. Enfim, ela queria voltar para a casa dos pais.

— E ela continuou sempre assim, seu Marcos?

— Bom, depois ela cresceu, teve vários filhos, mas o casal nunca se deu bem. Dona Carlota era decidida, enquanto Dom João era muito indeciso. Eles passaram a morar em palácios diferentes depois que ela tentou usurpar o poder dele.

— Usurpar?! — perguntaram as crianças, espantadas com aquela palavra que parecia ter saído do arco-da-velha.

— Usurpar é tomar alguma coisa de alguém.

— Ah, usurpar é uma maneira fresca de dizer "roubar", né, pai?

— É... pode ser. No caso, Dona Carlota quis mandar em Portugal dizendo que Dom João estava louco como a mãe.

— Puxa... que família... E a gente ainda *tá* comemorando a chegada desse pessoal?! — admirou-se Marga.

Depois de muito papo, as crianças avistaram a estátua de Tiradentes e fizeram a maior festa:

— Olha lá a estátua do Tiradentes!

— Joaquim José que também é da Silva Xavier!

Em seguida viram o Paço Imperial e já estavam na Praça XV. Lá estava o belo chafariz do Mestre Valentim e, por cima da praça, o horrível Elevado da Perimetral. Por um milagre, a família Manso conseguiu uma vaga para estacionar perto do Arco do Teles, que estava ali muito lindo e fofo à espera dos intrépidos viajantes.

Um flanelinha serelepe apareceu e começou a fazer vários gestos estabanados para o seu Marcos:

— Vem, chefia, pode vir. Vira mais a roda pra direita... pra esquerda... agora vem, vem, aííí! Dou uma olhadinha por cinco reais, chefia!

— Cinco reais?! Que é isto? Um assalto?

— Não... que é isso, chefia, sem ofensa. Então eu faço por quatro, mas é só porque é pro senhor...

Após pagar e se ver livre do flanelinha que falava pelos cotovelos, seu Marcos e dona Sandra notaram que a

Praça XV estava cheia de gente e de barracas de camelôs. Várias pessoas transitavam pelo Arco do Teles e pela Travessa do Comércio. Aquele era um dia normal de trabalho e não um sábado ou domingo, quando o Centro fica quase deserto. E agora? Como fazer para ir para 1808 com tanta gente olhando?

— Acho que nós temos de esperar um pouco aqui no carro.

— Mas, pai, o carro *tá* um forno! A gente vai derreter!

— Alguém tem uma ideia melhor?

Ninguém tinha. Eles esperaram, esperaram e... quando a multidão se dispersou, a tropa saiu do carro. Dentro do Arco do Teles, os seis tinham de agir rápido, antes que passasse mais gente:

— E aí, Ludi? Como a gente faz? — perguntou seu Marcos, meio aflito.

— Acho que da outra vez a gente começou a brincar de "Túnel do Tempo". Não foi?

— É isso! — gritou Rafa. — A gente começou a girar e a rodar como os personagens do seriado, e aí a mamãe disse qualquer coisa de ir para o Rio antigo.

— Mas agora temos de pensar no Rio colonial, mais precisamente no dia 7 de março de 1808.

— Vamos nos concentrar no Rio de Dom João — pediu dona Sandra. — Vamos pensar, todos juntos, em sintonia, em um Rio sem barulho de trânsito, em um Rio calmo, tranquilo...

Nessa hora, Marga amarelou e saiu fora do Arco. Ela sabia muito bem que o Rio colonial não tinha nada de tranquilo nem de calmo:

— Dona Sandra, seu Marcos, pensando bem, acho melhor eu ficar e fazer o meu serviço. Quem sabe finalmente eu arrumo o armário dos meninos...

— Nada disso, Marga. Vamos lá. Coragem! — incentivou dona Sandra, trazendo-a de volta.

— Mas, dona Sandra, pelo que o seu Marcos contou, esse pessoal que vai chegar gosta de uma confusão...

— Marga, ninguém vai ficar sozinho. Pense bem! Não vai ser a mesma coisa sem você com a gente!

— Não sei, não, hein...

No final, mesmo a contragosto, Marga voltou. Os seis deram-se as mãos e começaram a girar e a rodar sem parar. Giraram, giraram até não poder mais.

— Vamos para o Rio colonial! Para o dia da chegada da Família Real!

Com o grito de dona Sandra, começou uma ventania forte que foi aumentando, aumentando, até que arrastou toda a família Manso para o outro lado do Arco do Teles.

A VENTANIA FOI DIMINUINDO, diminuindo, até acabar de vez. Todos caíram no chão e ficaram ali, no meio da rua, zonzos de tanto girar. O dia estava lindo. O céu era azul brilhante e, para variar, fazia um calor de rachar. Não havia barulho de carros, ônibus ou buzinas, só pessoas falando ao longe e o trote dos burros passando nas ruas fazendo um som assim: toc, toc, toc... Tudo muito calmo. O Rio de 1808 parecia uma cidade do interior do Brasil em 2008, com muitas ruas ainda sem calçamento e animais passando de lá para cá.

Finalmente, seu Marcos levantou-se e começou a ajudar a turma a despertar:

— Rafa, Chico, Ludi! Vocês estão bem? Sandra, Marga! Tudo bem?

— Ai, ai... *tô* tontinha, tontinha... — balbuciou Marga. — Esse negócio de viajar no tempo acaba comigo.

— Mas e então, pai? Estamos ou não estamos em 1808? — perguntou Ludi, já de pé.

— Acho que sim, filha. Aquela placa deveria ser da Travessa do Comércio, vocês lembram? E agora é "Beco do Peixe".

— Aliás, que cheiro de peixe...

— A rua é de pé de moleque! Olha lá como cada pedra tem um formato diferente — disse Rafa, já tirando uma foto.

— E olha! Quanta galinha ciscando ali! Acho que a gente veio parar numa fazenda, seu Marcos.

De repente, eles viram também umas cabras e uns porcos passando correndo pela rua e, atrás deles, um velhinho com uma vassoura enxotando os bichos:

— Xô! Xô! Anda! Passa fora! Nhô Conde mandou expulsar ocês tudo da cidade! Xô!

O homem estava tão decidido a se livrar dos animais que nem notou a família Manso por ali. Chico foi logo sacando sua lente de aumento e se perguntando quem era o nhô Conde e por que ele queria expulsar os animais da cidade. Mas seu Marcos se adiantou nas perguntas:

— Ei! Por favor! Vosmecê poderia me dar uma informação?

O homem parou de correr e ficou estatelado ouvindo aquilo. Nunca ninguém havia se dirigido a ele daquele jeito: "Vosmecê? Por favor? É comigo mesmo que estão falando?".

— Nhonhô disse alguma coisa?

— Vosmecê sabe me dizer que dia é hoje, por obséquio?

— Ah, num sei, não... Nhonhô, eu só sei de uma coisa. Tenho de enxotar essa bicharada da cidade senão vou apanhar é muito do nhô Conde.

"Apanhar?! Aquele senhor era tão velhinho e ainda era escravizado?", perguntou-se Marga, condoída com o primeiro homem escravizado que via.

— Seu Marcos, não existe uma lei que livrou os velhinhos da escravização?

— A Lei dos Sexagenários! — gritou Rafa, o genioziznho da família.

— Lei do quê?! — perguntou o velhinho meio surdo.

— Lei dos Sexagenários, meu senhor — disse dona Sandra. — É uma lei que libertava os escravizados mais velhos, mas depois de explorá-los a vida inteira, quando estavam cansados e não interessavam mais...

— Mas essa lei só foi promulgada em 1885! Ainda falta muito tempo — completou seu Marcos.

Todos se entreolharam diante daquela situação que manchou a história do Brasil... O velhinho escravizado não estava entendendo necas e resolveu voltar para a sua tarefa de enxotar os animais do centro da cidade.

— Nhonhô, dá licença... — disse o velhinho, muito preocupado com as cabras e os porcos.

— E por que você tem de fazer isso? — perguntou Ludi.

— Ah, sei não, sinhazinha. Parece que vai chegar aí um Príncipe, uma Rainha, e a cidade tem de *tá* arrumada, iaiá.

— Eu? Iaiá?! — disse Ludi, meio espantada e achando diferente aquele tratamento.

— Bão, agora, dá licença, nhonhô, que vou tratar de fazer o meu serviço!

O homem foi atrás das cabras, enquanto a família Manso tentava se recompor e respirava aliviada:

— Chegamos na data certa! — gritou dona Sandra.

— Acertamos na mosca! Que sorte!

Aquilo realmente era um feito extraordinário. No seriado americano *Túnel do Tempo* os heróis sempre "caíam" em datas históricas importantíssimas e nunca em dias normais em que absolutamente nada aconteceu. Pelo visto, o Arco do Teles também era sempre ali, na batata do momento histórico. Mas voltemos à alegria da família Manso:

— E agora, pai, o que a gente faz?

— Vocês estão escutando um vozerio? — perguntou dona Sandra. — Parece vir dali da Praça XV.

— É verdade. Está a maior zoeira por lá.

— Vamos ver como está a nossa Praça XV, quer dizer, o Largo do Paço — disse seu Marcos, seguido pelo bando todo.

Eles passaram novamente pelo Arco do Teles e ficaram boquiabertos: o Largo do Paço era uma pracinha colonial, sem árvore nenhuma, e não tinha o horrível

Elevado da Perimetral nem edifícios. Parecia uma pintura de Debret em movimento. O mar estava logo ali, na beira do chafariz do Mestre Valentim, ao lado do Paço Imperial, que na época era o Palácio Real. Na Rua Direita – antigo nome da nossa "querida" e engarrafada Rua Primeiro de Março – ficavam o Convento e a Igreja do Carmo. E também dava para ver o Morro do Castelo, um morro que depois foi "desmontado" e que nem existe mais. Só depois de constatar a diferença entre a praça de hoje e o largo de 1808, os Manso notaram vários escravizados trabalhando sem parar nas ruas: eles varriam o chão, lavavam as escadarias das igrejas, enfeitavam as janelas dos sobrados com tapetes e colchas coloridas, capinavam, enfim, faziam tudo para ajeitar a cidade para a chegada da Família Real. Mas no meio deles havia um senhor com uma roupa toda pomposa de soldado que dava ordens e mais ordens:

— Vamos! Vamos! Que moleza! Varram tudo! Depois expulsem todos os animais da cidade. Não quero nenhuma cabra nem galinha por aqui! A Praça do Paço tem de ficar uma beleza para a chegada de Dom João VI.

Ludi e os irmãos foram logo perguntando quem era aquele mandão.

— Só pode ser o Dom Marcos de Noronha e Brito, o Conde dos Arcos, o Vice-rei do Brasil!

— Conde dos Arcos?! Essa é boa, pai. É o Conde dos Arcos da Lapa?

— Pelo jeito, ele está tomando as providências para a cidade ficar um pouco mais limpa. Mas quem trabalha mesmo são os negros escravizados... Hoje vemos o quanto essa situação era lamentável.

— Nossa, pai! *Tá* um cheiro ruim pacas por aqui... — comentou Rafa.

Nesse momento passavam dois escravizados – os tigres – que carregavam nas costas grandes cestos contendo excrementos de seus senhores para jogar na praia.

— Coitados! Estão com as costas todas manchadas de sujeira. Que fedor! Que nojo! Foi aí que a poluição da baía começou...

— É que nessa época não existia saneamento básico aqui. Não havia água encanada. A água tinha de ser pega nas fontes pelos escravizados. E as praias eram só um depósito de lixo.

— Pois eu tenho uma prima lá em Mesquita que até hoje não tem água em casa — disse Marga, constatando que para uns as coisas continuavam como no tempo da colônia.

Foi então que o Conde dos Arcos notou ao longe aquela família estranha, ali parada conversando à vontade. Aquelas crianças eram muito falantes, pensou ele. Certamente aquela família não era dali. Decidiu ir até eles:

— Bom dia! — disse ele, chegando de supetão e pegando a família Manso de surpresa.

— Bom dia... Excelência — respondeu seu Marcos, levando um susto.

— Por acaso os senhores trouxeram os mantimentos? — perguntou o Conde, muito severo.

Marga, trocando as bolas, foi mostrando o lanche que havia preparado:

— Ah, claro, seu Conde. Eu fiz uns sanduíches, tem bolo e também tem suco...

O Conde dos Arcos olhou, espantado, para Margarida:

— Sanduíches?! O que é isso?! Eu ordenei que me trouxessem carnes, aipim, batata-doce, frutas de Minas e de São Paulo! A Corte vai chegar faminta!

Seu Marcos se apressou em afastar Marga e fez um comentário rápido para chamar a atenção do Conde:

— Os mantimentos que Vossa Excelência encomendou estão a caminho. Vossa Excelência não precisa se preocupar. Nós viemos da roça, do interior, só para ver o desembarque da Corte que será por esses dias, não é?

— Como é que eu vou saber? Até agora só chegaram aquelas naus — disse o Conde, apontando para a Baía de Guanabara. — Levamos um susto enorme pensando que era o Príncipe, mas eram só...

— As filhas de Dom João! — interrompeu seu Marcos. — Dona Maria Francisca, de 7 anos, e Dona Isabel Maria, de 6 anos! Elas vieram no navio *Rainha de Portugal*!

— Como é que vosmecê sabe disso? — perguntou o Conde dos Arcos, assombrado.

Se ele mesmo não sabia a idade das princesas, como é que um homem do interior poderia saber?

— Ora, quem não sabe disso? A Família Real veio toda separada. Dom João vem no *Príncipe Real*, acompanhado da mãe, a Rainha Dona Maria, e dos filhos, Dom Pedro, de 9 anos, e Dom Miguel, de 5 anos. Dona Carlota vem com as outras filhas na nau *Afonso de Albuquerque* — prosseguiu seu Marcos, deixando o Conde dos Arcos muito admirado.

Dona Sandra cutucou o marido, fazendo-o notar que não era para "dar aula" naquele momento.

— Marcos... o Conde não está entendendo como você sabe dessas coisas...

Seu Marcos percebeu que estava falando demais e tentou disfarçar:

— Bom... é que eu ouvi o povo falando, Excelência. O povo adora, venera a Família Real, e já sabe tudo de cor e salteado. E Dom João? Ainda está na Bahia, não é mesmo? — perguntou, tentando mudar o rumo daquela prosa.

— Creio que sim. O Príncipe Regente resolveu fazer uma parada na Bahia de Todos os Santos.

— E o que ele foi fazer lá? — perguntou dona Sandra, muito espantada porque nunca tinha ouvido falar que Dom João tinha parado primeiro na Bahia.

— Ué, foi passar o carnaval. Não é na Bahia que o carnaval é animadíssimo?

— Como é que é?! — perguntou o Conde, admirado com o comentário da Ludi.

— Ela está brincando, Excelência — disse seu Marcos, lançando um olhar fulminante para a filha.

— Mas então o que ele foi fazer lá, pai?

— Bom, dizem que houve uma tempestade e as naus de Dom João e de Dona Carlota se desgarraram da esquadra. Mas, na verdade, Dom João tomou uma grande decisão lá em Salvador: abriu os portos para o comércio das nações amigas. Finalmente o Brasil podia, quero dizer, pode comerciar com outros países e não só com Portugal.

— Jura?! — disse dona Sandra, espantada. — Não aprendi isso no colégio, não... Eu pensava que a abertura dos portos tinha sido aqui.

O Conde dos Arcos estava atônito com seu Marcos, que sabia mais coisas sobre Dom João do que ele mesmo, o Vice-rei do Brasil! E dona Sandra? Como ela poderia ter ido para o colégio se, além de não haver escolas, as mulheres nem saíam de casa naquela época? E aquelas crianças que falavam a toda hora, sem a menor inibição! Que gente estranha!

— Pelo jeito, vosmecê e sua família sabem muito sobre a vinda do Príncipe Regente. Só falta saberem o dia e a hora em que o Príncipe chega — comentou, de brincadeira.

— Claro, Excelência. Ele chega no dia 7 de março de 1808, às 15 horas, um belo dia de sol, assim como este.

Nessa hora o Conde dos Arcos perdeu toda a pose e ficou nervoso, descontrolado, atarantado, quase teve um treco:

— O quê?! Como?! Vosmecê tem certeza disso?!!! Eu tenho de acabar as obras na sede do governo, desocupar o Convento do Carmo, desocupar a cadeia, pintar o "PR" nas portas... — dizia ele, quase sem respirar.

— Mas por que tanta pressa, Vossa Excelência? Calma...

— Vosmecê sabe de tudo, só não sabe que hoje é dia 7 de março de 1808!!! — gritou ele, atônito.

Seu Marcos e dona Sandra quase caíram para trás: Dom João ia chegar a qualquer momento! As crianças começaram a pular e a gritar:

— É hoje! É hoje que o Príncipe chega!

De repente, para piorar as coisas, o celular da dona Sandra começou a tocar! Todos ficaram em pânico, sem saber o que fazer.

— É o celular da mamãe...

Agora é que o Conde ia ter um piripaque mesmo:

— O que é isso? Estou ouvindo uma música... mas onde estão os instrumentistas?

A família Manso se entreolhava, constatando que eles, definitivamente, de incógnitos não tinham nada. Seu Marcos pensou que o melhor seria correr como no desenho do Leão da Montanha: "Saída pela esquerda!". Só que, no caso deles, seria: "Saída pela Rua Direita!". Mas, felizmente, o próprio Conde resolveu a questão:

— Já sei! São os músicos ensaiando na igreja para a chegada do Príncipe Regente, que adora música. Mas como está nítido o som... Eu vou procurá-los! Até mais ver!

Quando ele saiu, os Manso se entreolharam e começaram a rir.

— Puxa, ainda bem que a mamãe pôs essa música clássica no toque do celular...

— Mas que ideia, Sandra! Trazer o celular para 1808?!

— Mas, meu bem, você sabe que eu não vivo sem celular... Aliás, deixa eu ver se tem recado.

— Sandra! Nós estamos no século XIX, vendo a chegada da Família Real, e você está preocupada em saber se tem recado no celular?!

Depois de uma discussão básica entre o casal, seu Marcos deu uma de rei absolutista e disse que ia "confiscar" todos os aparelhos e coisas do futuro: relógios, celulares, máquinas fotográficas e... bolas de futebol.

— A colônia também estava proibida de fazer bolas?! — perguntou Ludi, muito sonsa.

— Ludimila Manso!

— Pai, calma, não tem problema. Eu digo que a minha bola é importada da metrópole.

— Ludi, você sabe muito bem que não existia bola de futebol nem aqui nem na China, ou melhor... nem em Portugal.

— Jura? Mas que atraso!

Ninguém queria dar nada para o seu Marcos, nem a dona Sandra, que realmente não vivia sem o celular. Uma jornalista, mesmo em 1808, tinha de ser a primeira a saber das últimas. Mas, afinal, havia ou não recado no celular? Havia. Dona Sandra torcia para ser o chefe da redação do *Correio Carioca*, o Pacheco, mandando-a fazer uma matéria de capa sobre a chegada da Família Real ou sobre a cobertura completa das comemorações dos 100 anos da morte de Machado de Assis ou... Não era nada disso: era do banco, sobre o saldo dela.

— Mas que droga! Como assim, negativo?

De repente, sem mais nem menos, eles ouviram um estrondo enorme que se repetiu várias vezes: Bum! Bum! Bum! O chão tremeu e a família toda se abaixou, apavorada.

— O que é isso, pai?! É guerra?

— Parece que são balas de canhão!

— Ai, meu São Benedito! Só espero que não sejam balas de canhão perdidas! — gritou Marga, apavorada.

Seu Marcos e dona Sandra olharam para o mar e viram várias naus portuguesas e inglesas entrando na baía.

— É a esquadra de Dom João chegando! Vejam, pessoal! Os tiros de canhão são para saudar as naus!

Rafa, Ludi, Chico e Marga olharam, pasmos, as caravelas chegando. Que espetáculo! Os sinos das igrejas começaram a bater. Famílias inteiras saíram dos seus sobrados e correram para o Largo do Paço. Homens, mulheres e crianças foram para as praias para ver a entrada da esquadra real na baía. O largo estava cheio de gente. Era uma emoção sem tamanho. O primeiro monarca a chegar ao Novo Mundo! As pessoas estavam com suas melhores roupas, gritavam vivas e batiam palmas. Era o começo da maior festa que o Rio de Janeiro já tinha visto. A família Manso não dava um pio, de tão emocionada. Seu Marcos até se esqueceu do confisco da bola e do celular.

O professor de História via aquele acontecimento que só conhecia das pinturas e dos livros sem acreditar que participava do momento histórico. Via a multidão emocionada, a alegria, as lágrimas em cada rosto, até que reparou em um padre baixinho, com uma cabeleira enorme, que anotava tudo em um caderninho.

— Sandra, eu acho que aquele ali é o padre Luís Gonçalves dos Santos. Ele escreveu um livro sobre a estada da Família Real aqui.

— É... pelo jeito, ele está anotando tudo.

— Vamos lá falar com ele!

Dona Sandra e seu Marcos puxaram as crianças e Marga e foram até o tal padre:

— Com licença? Pelo visto o senhor está anotando tudo aí, não é?

— É verdade! Como não temos imprensa, resolvi registrar os detalhes da chegada de Sua Alteza Real, o Príncipe Regente! Que dia esplendoroso, não é? Desde a aurora, o sol nos anunciou que este seria o mais ditoso dos dias. Este 7 de março de 1808 vai entrar para a história do Brasil! Eu sou o padre Luís Gonçalves, mas pode me chamar de padre Perereca!

As crianças caíram na gargalhada.

— Padre Perereca?! Por quê? O senhor pula muito?

— Ludi! Que é isso, filha?! Desculpe, padre, essas crianças de 1808 riem de qualquer besteira!

— Ah, não há problema. Criança é assim mesmo, diz

o que pensa — disse ele, passando a mão na cabeça de Ludi. — Mas eu estou aqui bestificado com a triunfante entrada da esquadra real. O desembarque será hoje?

— Não. Só amanhã pela manhã. Hoje só o Vice-rei e alguns poucos convidados irão a bordo da nau de Dom João para lhe dar as boas-vindas — respondeu seu Marcos.

— Quisera eu ser um desses afortunados — disse o padre. — Daria tudo para ser um dos primeiros a beijar a mão do nosso soberano! Só amanhã... que maçada! — disse ele, muito decepcionado.

— Só amanhã?! — espantou-se dona Sandra. — Puxa, se eu estivesse num navio há meses, mesmo tendo parado na Bahia, ia querer pisar em terra firme logo, ainda mais nas condições precárias em que eles viajaram.

— Que condições?! — perguntou Rafa.

— Ah, filho, eles tiveram de racionar os alimentos, a água, muitos passaram fome, não é verdade, Marcos?

— Foi mesmo uma travessia deprimente. Imaginem cerca de 10 mil pessoas saindo de Lisboa de uma hora para outra, fugindo do exército francês. Na confusão, baús com os livros da biblioteca real, com roupas e prata ficaram esquecidos no porto de Lisboa. Muitas mulheres viajaram só com a roupa do corpo! Houve uma infestação de piolhos na nau *Afonso de Albuquerque*, na qual viajava Dona Carlota Joaquina, que teve de raspar a cabeça!

— Essa é boa! A realeza toda careca!

— No caso, foi só no navio da Dona Carlota. Os nobres

tiveram de jogar suas perucas ao mar e as mulheres rasparam a cabeça. Enfim, a viagem foi um inferno, quero dizer... desculpe, padre — disse seu Marcos, sem graça.

O padre Perereca estava achando aquela conversa muito estranha.

— Mas vosmecê tem certeza disso? A Família Real não viajaria nessas condições.

— Ih, o senhor não sabe da missa a metade, seu padre. Quer dizer, da missa o senhor sabe tudo, mas de História o seu Marcos é que entende. Ele leu nos livros — disse Marga, dando uma mancada atrás da outra.

Em vez de ficar roxo de raiva, o padre Perereca foi ficando verde, verde e, como era muito baixo, começou a dar vários pulinhos para alcançar Marga. Ali estava a explicação do apelido.

— Ora, ora, vosmecê está a dizer sandices! Que livros falariam sobre a travessia se eles nem desembarcaram ainda?! Para mim, eles fizeram uma viagem tranquila e muito aprazível. O Príncipe Regente não passaria por tais privações.

— Claro, claro... o senhor tem toda a razão — confirmou seu Marcos, afastando a Marga ao lembrar que o padre Perereca era um grande bajulador da Família Real, tanto que dedicou seu livro para ninguém menos que Dom João VI.

— Mas, afinal, quem são vosmecês? — perguntou o padre, mais calmo e menos esverdeado. — Nunca os vi na minha paróquia.

— Nós? Nós somos da roça. Viemos ver o desembarque

da Família Real... Bom, com licença, padre, nós vamos ali para perto da praia para ver melhor a esquadra...

— Tchau, padre Perereca! Continue pulando muito! — gritou Ludi, sendo levada por seu Marcos.

A família Manso saiu, deixando o padre Perereca muito desconfiado. Eles andaram pela multidão até que dona Sandra lembrou-se de uma coisa primordial: onde eles iriam dormir?

— Se a Família Real só desembarca amanhã de manhã, a gente tem de dormir em algum lugar.

— É verdade. Não tinha pensado nisso...

— Ai, meu Deus! E agora? Vamos dormir ao relento! — reclamou Marga.

As crianças deram mil sugestões ao mesmo tempo:

— Que tal no Arco do Teles?

— No Paço Imperial, quer dizer, no Palácio Real!

— Nessas igrejas todas aí, pai!

— Na praia! Ih, não... lá é onde eles jogam o cocô todo.

Nenhuma daquelas alternativas animou nem dona Sandra nem seu Marcos.

— Bom, vamos andando até a Rua Direita, a rua mais movimentada desta época, lá nós acharemos um lugar para dormir — decidiu seu Marcos.

— E por que este nome, Rua Direita? — perguntou Chico.

— Ué, porque ela era direita, não era errada — brincou Marga.

— Quase isso, Marga — disse o professor, voltando ao seu velho e bom estilo didático. — No começo, a Rua

Direita era uma trilha, um caminho à beira-mar que ligava diretamente o Morro do Castelo ao Morro de São Bento. Por isso o nome Direita. Muitos comerciantes vieram morar aqui depois da construção do paço e da cadeia onde Tiradentes ficou preso. Assim, aos poucos, ela se tornou a rua mais famosa e movimentada do Rio colonial.

— Só espero que ela não esteja engarrafada desde 1808... — comentou dona Sandra, temerosa.

A RUA DIREITA já era engarrafada; só que em vez de carros e ônibus lutando por espaço, eram pessoas em cadeirinhas, liteiras, ou redes carregadas por escravizados; enfim, um mar de gente andando para lá e para cá. As sacadas das casas estavam todas enfeitadas para a chegada da Família Real com vários tapetes e colchas coloridas, disfarçando a simplicidade dos sobrados, mas o mau cheiro continuava. Mulheres escondidas debaixo dos véus acompanhadas de negras escravizadas iam para a igreja, homens com seus chapéus andavam com pressa para o trabalho, e todos que passavam tinham de driblar os vendedores ambulantes, que eram escravizados "de ganho" ou "de aluguel" – pessoas negras com cestos na cabeça, que vendiam doces, aves, verduras, frutas, e depois tinham que dar uma parte do dinheiro para os seus senhores.

— Sinhazinha vai querer cocada?! Cocadinha *tá* boa!
— Nhonhô! Olha a banana! Olha a fruta! Fruta *tá* boa!

As crianças, Marga, seu Marcos e dona Sandra olhavam ao redor, espantados. Marga, mais atrás, via tudo atarantada, boquiaberta; ela tinha a pele clara, mas seu pai era negro. Aquela cena para ela era angustiante.

Rafa tentou puxar um assunto para quebrar o desconforto geral:

— Perceberam que nem todo mundo usa sapatos por aqui?

— Por acaso nasceram ontem? Escravizados não usam sapatos! — resmungou um senhor de bigodão que observava a família com curiosidade.

— Não?! Coitados! — disse Rafa, reparando que todos os homens e mulheres escravizados que passavam estavam descalços e quase sem roupa nenhuma.

— Pois é... E os nossos sapatos parecem ser bem diferentes dos seus — disse Marga, levantando um pouco o vestido e mostrando um belo par de... tênis!

Os olhos do homem quase saltaram; nunca tinha visto tanta cor no pé de alguém.

— Que sapatos mais estranhos... Como são coloridos! Parecem até duas araras...

— Araras?! Eu é que estou ficando uma arara vendo toda essa situação absurda, isso sim!

— Mas eu nunca vi algo parecido com esses sapatos... Que cores vivas!

— Pois então acabou de ver. Eles são importados... da... Como é que se chama mesmo... Ah, da metrópole! — disse Ludi.

Foi então que o senhor reparou que a família usava o mesmo tipo de sapato, o que para ele era muito estranho. Sua curiosidade só aumentava.

Que fora do seu Marcos! Na hora de pegar o figurino, ele havia se esquecido de pegar os sapatos usados naquela época. Estavam quase todos de tênis!

— Bom, pelo menos, se a gente tiver de correr alguma hora, vai ser útil — comentou dona Sandra.

Seu Marcos foi logo falando com o homem:

— Esses sapatos foram mandados de Portugal para a minha família toda. Era uma promoção...

Nesse momento, um grito muito forte tomou conta do lugar e a atenção de todos voltou-se para o outro lado da rua.

A cena era terrível: um senhor dando uma surra de chicote em um negro escravizado que tinha acabado de deixar cair um simples pacote no chão.

— Aquele ali deve apanhar do seu proprietário desde que nasceu!

O homem chicoteava o rapaz sem dó nem piedade e ninguém fazia nada, ao contrário, olhavam como se fosse um espetáculo. A família Manso ficou chocada com a cena: que vergonha! Um homem chicoteando outro no meio da rua e todos achando tudo muito normal e corriqueiro. Marga, Ludi, Rafa e Chico ficaram horrorizados e chegaram para perto dos pais, com medo.

— Mãe, pai... ninguém vai fazer nada? O que é isso?

— Dona Sandra, isso é que é o Rio colonial? *Tá* mais para colônia penal...

Dona Sandra e seu Marcos também estavam assustados, mas não sabiam o que fazer:

— Isso é a escravização, crianças. Uma crueldade, uma ignorância, um horror — disse seu Marcos.

Até que dona Sandra subiu nas tamancas: não aguentou e foi até o homem que estava chicoteando o rapaz. Seu Marcos tentou segurá-la, mas ela não pensou duas vezes:

— Senhor! Vosmecê tem de parar com isso! Esse rapaz vai acabar morrendo! Tenha piedade!

Nunca, jamais, em tempo algum havia sido vista uma cena como aquela na colônia: uma mulher branca falar com um homem desconhecido e ainda pedir para ele parar de bater em um rapaz negro.

— Quem vosmecê pensa que é?! Eu chicoteio até quando eu quiser!

Seu Marcos deixou as crianças com Marga e entrou na briga com a esposa:

— Mas ele vai morrer!

— Pois que morra! Vosmecê está pensando o quê? Pare de se portar como um idiota!

O professor resolveu apelar para o bolso do sujeito, pois percebeu que não havia nenhuma compaixão nele:

— O senhor tem ideia de quanto está custando um escravizado no Mercado do Valongo? Uma fortuna! Trezentos mil réis! Eu lhe pergunto: quem é o idiota aqui?

No meio daquele clima de tensão, começou um burburinho no entorno, e um ou outro que assistiu à cena fez coro com o seu Marcos, chamando o homem de idiota

também. Envergonhado, ele resolveu pegar o rapaz ensanguentado pelo braço e sair rapidinho dali. Marga e as crianças correram para abraçar o pai e a mãe, que estava tremendo dos pés à cabeça.

— Seu Marcos! Dona Sandra! Que loucura foi essa?!
— Mãe! Pai! Vocês salvaram aquele moço!
— Na verdade, a situação daquele rapaz continua sendo ruim — disse dona Sandra.

— Evitamos que ele morresse aqui, somente isso. Mas tomara que a nossa indignação tenha alcançado alguém, pelo menos.

Depois do susto, a família Manso voltou a caminhar pela Rua Direita.

— Mas, pai, que história é essa de Mercado do Valongo? — perguntou Rafa.

— O mercado de escravizados do Valongo era um lugar deprimente. Um inferno na Terra. Era onde ficavam os escravizados que chegavam de Angola ou da Guiné. Lá eles eram vendidos, mas muitos chegavam aqui num estado tão deplorável que acabavam morrendo e eram enterrados na praia. Os navios negreiros não tinham condições sanitárias nem comida para todos, e vinham apinhados de homens, mulheres e crianças que eram tratados de modo desumano. Muitos acabavam morrendo no caminho e eram jogados ao mar.

Aquele assunto era mórbido, mas era a mais pura verdade. A escravização era um horror, e as crianças estavam vendo isso ali, ao vivo: pessoas superexplorando outras pessoas, torturando, espancando. Falar em direitos humanos no Rio colonial seria como falar grego. Naquela época, e em tantas outras da história da civilização, dizer que as pessoas são iguais, independentemente da cor e da religião, era impensável. Mas o pior é saber que em pleno século XXI, em muitos países, a escravização ainda existe...

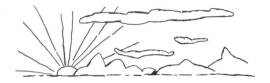

As CRIANÇAS, MARGA, dona Sandra e seu Marcos continuaram seguindo pela Rua Direita. O sol já estava se pondo e a rua foi se iluminando para os festejos da chegada da Família Real. Havia fogos de artifício e muita música nas igrejas. Eles ainda estavam revoltados com aquela cena, e as crianças, principalmente, empolgadas com os pais corajosos que tinham.

— Mas, vem cá, dona Sandra, a senhora não ficou com medo de aquele brutamontes dar um safanão na senhora?

— Ah, na hora nem pensei em nada. Mas, qualquer coisa, o Marcos ia lá e me salvava.

— Qualquer coisa, eu saía era correndo... — brincou seu Marcos.

— Mentira, Marcos!

Nisso, um homem meio calvo, bem magro, que andava com certa dificuldade, saiu da Rua do Hospício e deu um encontrão, sem querer, em Marga:

— Desculpe! Mil perdões! Sou um desastrado!

— Da próxima vez, olha por onde anda! Quase me mata do coração!

Ludi olhou bem para o senhor e achou que o conhecia de algum lugar, mas de onde? A Marquesa cutucou os irmãos:

— Rafa, Chico, quem é esse cara? Já vi aquele magrelo em algum lugar.

— Isso é improvável — disse Rafa, categórico. — Como a gente poderia conhecer alguém em 1808?

— Temos de investigar! Pode ser algum parente... Será que encontramos o nosso tatatataravô?! — disse Chico, viajando.

O senhor calvo continuava a se desculpar com Marga:

— Perdão! Eu estava distraído pensando na...

— Na morte da bezerra...

— Não, nas minhas costas... Estou com uma dor nas costas terrível! — disse ele, curvando-se mais ainda. — Não sei o que fazer... Essas redes me matam! Ai, ai, que dor na coluna!

Ludi, Chico e Rafa começaram a cochichar:

— Redes? Por que as redes matariam ele? — perguntou o detetive Chico. — Será que ele caiu da rede?

Foi dona Sandra, que também sofria da coluna, que entendeu a questão:

— Eu sei como é... Também trabalho muito sentada e isso acaba com a coluna.

Enquanto os três tentavam desvendar o mistério, dona Sandra, que entendia de alongamento, ajudou o homem a praticar alguns movimentos. Primeiro disse a ele que virasse a cabeça para um lado e para o outro: crec, crec, crec fazia o pescoço do homem, que estava duro que nem pedra.

— Isso! Agora deixe a cabeça cair assim para baixo e vá descendo com o peso dela, assim, com os braços bem soltos, até as mãos chegarem ao chão.

Crec, crec, crec ia resmungando agora a coluna do sujeito. O homem fazia tudo o que dona Sandra dizia, na certa achando que ela era curandeira ou alguma coisa do gênero. Depois de um tempo de exercícios, o senhor já estava se sentindo bem melhor.

— Puxa, não acredito! Que milagre! Sou outra pessoa! Muito obrigado!

— Não foi nada.

— Como posso lhe pagar? Por favor! Eu tenho posses, posso pagar! E depois, eu também dei um encontrão nessa daí...

— Nessa daí uma ova! — gritou Marga. — Quer dizer que agora eu tenho que gostar de levar encontrão?

— Desculpe, foi sem querer... Então, como posso pagar a vosmecês?

Dona Sandra, seu Marcos e Marga se entreolharam enquanto tinham a mesma ideia:

— Bom, nós não temos onde passar esta noite. Somos da roça...

— Então está tudo arranjado. Vocês vão pernoitar no meu belo sobrado na Rua do Piolho.

— Rua do Piolho?! — perguntou a Ludi, caindo na risada. — Perto da rua do cabelo?

— Muito engraçadinha... A Rua do Piolho é o antigo nome da Rua da Carioca — disse seu Marcos.

O sujeito achou estranha aquela explicação, mas deixou para lá.

— Rua da Carioca? Vejo que vocês não são daqui mesmo, hein? A minha rua é ali perto do Largo do Rossio. Vamos logo, que já são horas! Passa das 5 da tarde, hora do jantar!

— Jantar? A esta hora? O pessoal de antigamente jantava com as galinhas!

— Bem, para quem não almoçou, está ótimo — animou-se seu Marcos, só então notando que estava varado de fome.

— Vamos, vamos, esta cidade à noite é um perigo só. Os capoeiras ficam à solta, não se pode ficar pela rua de papo para o ar. Ah, eu nem me apresentei: meu nome é Joaquim, mas todos me chamam de seu Quim. As senhoras querem ir de liteira?

— Não, não! A gente tem perna é para andar!

— Eu quero! Eu quero! — gritou Ludi, animada.

— Nada disso. Vamos todos andando! — decidiu dona Sandra.

Dito e feito: a tropa foi seguindo o seu Quim, que agora andava feito uma pluma com sua coluna alongada.

Seu Marcos, tentando ser mais discreto, mostrava para as crianças os antigos nomes das ruas: a Rua do Hospício era a atual Buenos Aires, a Rua do Cano era a Rua Sete de Setembro, a Rua dos Latoeiros era a Rua Gonçalves Dias, aliás, foi onde Tiradentes foi preso, mas as crianças nem prestavam muita atenção, queriam saber mesmo era de onde conheciam o seu Quim.

— Seu Quim, o senhor tem filhos? — perguntou Chico.

— Não. Sou viúvo e não tive filhos.

Chico concluiu, então, que seu Quim não poderia ser o tatatataravô deles. Mas quem sabe ele teria sobrinhos? Também não tinha. Então de onde eles o conheciam? A turma foi conversando até chegar à Rua do Piolho. Quando estavam bem perto da casa, seu Quim teve um treco:

— O que é isso?! Não pode ser!

Estava pintada na porta dele a sigla PR.

— Eu não acredito! O que é isso?! Tem um PR na minha porta! Vou ter de me mudar! Não posso acreditar! Não tenho mais casa! — disse ele, arrancando os últimos cabelos.

As crianças não entenderam xongas.

— "PR" são as iniciais de Príncipe Regente, isso quer dizer que o morador tem de ceder a sua casa para o Príncipe prontamente — explicou seu Marcos.

— Ou, como o povo diz, "Ponha-se na Rua"! — choramingou seu Joaquim.

— Mas que desaforo! Tirar a casa dos outros! Mas por que o Príncipe precisa de tantas casas?

— Para a Corte portuguesa, Marga, que veio com ele. Mais de 10 mil pessoas... Lembra? A gente veio aqui para contar quantas pessoas vieram...

Dona Sandra também ficou revoltada.

— Um absurdo, mesmo. Expulsar os brasileiros das suas próprias casas para a Corte portuguesa morar?!

— Dom João vem pra cá fugido e ainda rouba a casa da gente... ops, do seu Quim?! — reclamou Rafa.

Seu Marcos viu que a família toda estava se revoltando e tentou botar panos quentes:

— É terrível, mas foi isso que aconteceu e nós não podemos mudar a História... Somos uma colônia e Portugal é quem manda.

— Puxa, Marcos, coitado do seu Quim...

Seu Joaquim estava arrasado. Adorava aquela casa na Rua do Piolho. Nasceu ali e, depois de casado, morou por anos na mesma casa com sua mulher. O pobre só se lamentava.

— E agora? Não tenho onde morar! De uma hora para outra, fiquei pobre, pobre, pobre de marré de si!

De repente Ludi, que estava quieta, teve uma ideia:

— Já sei! Por que vosmecê não pinta em cima desse PR? — perguntou Ludi. — É só pintar a porta!

— Ludi! Que ideia! As coisas não são assim. O senhor Joaquim nunca faria isso. Seu Joaquim é um homem honesto...

— Sou honesto, mas não sou burro! — gritou seu Quim, dando um pulo de alegria. — Vou fazer o que a menina disse. Pintar por cima do PR! Farei isso agora mesmo! — e, virando-se para dentro do sobrado, gritou: — Pafúncio! Traga-me um balde de tinta e pinte a porta!

Bom, não era bem ele que ia pintar a porta... era um escravizado, claro.

— Mas seu Joaquim... o senhor tem certeza...

— Claro! Não saio da minha casinha nem que o Rei mande! Agora entrem! Fiquem à vontade.

Os Manso foram entrando no sobrado por um corredor e viram que o que parecia uma casinha era um casarão! Subiram uma escada e seu Joaquim mostrou a eles os quartos, salas e salões.

— Que casa grande!

— Está explicado por que o Conde queria dar essa casa para os portugueses.

A casa não tinha muitos móveis nem armários, mas havia redes e esteiras por todos os lados.

— Mas o senhor não tem nem um sofazinho?

— Ludi!

Um dos quartos do fundo tinha alguns livros, um globo terrestre, um banquinho com pena e tinta, vários papéis no chão e uma rede. Seu Joaquim, muito satisfeito, se aboletou na rede e disse:

— E aqui é o meu gabinete!

Chico, Rafa e Ludi olharam para aquela cena e abriram a boca de espanto.

— O que foi? Vocês estão com umas caras! Meu gabinete está muito bagunçado? — perguntou seu Quim.

— O senhor é o homem do quadro do Debret! — disse Chico. — Mais uma vez, o Aranha resolve um caso insolúvel!

— Como é mesmo o nome do quadro, mãe?

— Mas será? Olha... é mesmo! O nome do quadro é *Sábio trabalhando em seu gabinete*!

— Eu? Sábio? Não, vocês estão enganados. E o senhor Debret, que eu saiba, mora lá na França, está muito bem a pintar na Europa, por que ele viria para o Novo Mundo?

— Mas é que isso ainda vai acontecer...

— Ludi!

— Ah, pai, qual é a graça de saber o futuro e não contar nada?

Seu Marcos e dona Sandra notaram que deveriam mudar de assunto porque Debret e outros artistas franceses só chegariam ao Rio em 1816.

— Seu Quim, desculpe a falta de cerimônia, mas e o jantar? Estou morrendo de fome...

— Sim! Sim! Também estou com fome! Vamos jantar!

O jantar era um belo peixe assado com legumes, farinha de mandioca, feijão e frutas que todos comeram lambendo os beiços, até o Chico.

— A fome é o melhor tempero!

O único porém eram as mulheres escravizadas servindo tudo e umas crianças abanando os convivas com folhas de palmeira. Isso deixava a família Manso bem constrangida.

— Seu Quim, o senhor precisa conhecer uma coisa chamada ventilador...

— Ludi!

DEPOIS DE TANTA COMILANÇA, seu Quim ofereceu algumas redes para a família Manso dormir. Todos desmaiaram de sono, menos a Ludi, que estava a mil:

— Rafa, Chico! Reunião extraordinária! — cochichou ela, sacudindo os irmãos.

— O quê? Como? Onde? — balbuciou Rafa, bocejando.

— Reunião urgente urgentíssima! Acorda o Chico!

Rafa acordou o irmão e os dois se perguntaram que raio de reunião era essa, àquela hora da noite.

— Vamos fazer a nossa independência!

— Mas a gente ainda é muito criança... — disse Chico, ainda meio dormindo.

— Não, burraldo! Eu estou falando da independência do Brasil.

— Ah, do Brasil, claro... Como é que é?!

Ludi arrastou os irmãos para fora do quarto e começou a falar sem parar.

— Esta colônia é uma droga! A gente vive sendo explorado. Já levaram tanto pau-brasil, tanto ouro, tanto açúcar, e agora querem levar as casas das pessoas! Aqui é proibido fazer móveis, mesas! Não tem fábrica de nada, não tem escola nem livros!

— Isso a gente já sabe, Ludi... Boa noite!

— Ei, espera, Rafa! Ouve! E se a gente mudasse um pouquinho a História? Vamos fazer a independência! Vamos fazer uma inconfidência no Rio!

— Ludi, isso é impossível! Como nós, três crianças, vamos fazer isso?

— É simples: a primeira coisa é pintar em cima de todos os PRs...

— E a segunda coisa?

— A segunda coisa... bem, a segunda coisa a gente vê depois. Agora vamos!

— Vamos aonde? — perguntou Chico, que voltou a dormir em pé.

— Pintar os PRs! Anda, Chico! Vamos entrar para a História!

Ludi tirou o "camisolão" para ter mais agilidade e os três saíram de mansinho. Desceram a escada do sobrado, procuraram a tinta e o pincel, e nada. Por sorte, o Pafúncio, escravizado do seu Quim, apareceu.

— Sinhazinha quer alguma coisa?

— Queremos. Por favor, aquela tinta que vosmecê usou...

— Iaiá quer que eu pinte alguma coisa?

— Não, obrigada. Só queremos a tinta e o pincel — disse Ludi, ansiosa.

Pafúncio deu a tinta para as crianças muito ressabiado:

— Mas ocês num pode sair assim de noite. Tem muito capoeira e muita polícia à solta pela cidade, iaiá. É perigoso.

As crianças não entenderam muito bem aquela história de "capoeira". Capoeira não era uma dança? Na certa ia ter uma apresentação de capoeira para o Príncipe, pensaram eles. Deram tchau para o Pafúncio e saíram às ruas à procura dos PRs.

— O papai disse que o "Ponha-se na Rua" foi só no Centro, perto do Largo do Paço. Vamos voltar para a Rua Direita! — disse Rafa, agora empolgado com a aventura.

Chico pegou a lanterna para iluminar o caminho. Logo surgiu uma casa com o PR pintado.

— Olha ali uma! — gritou Ludi, pronta para pintar.

— Deixa eu tirar uma foto antes! Vamos registrar este momento histórico! O pessoal da escola não vai acreditar, minha professora de História, então, vai desmaiar. Pena que a gente não trouxe filmadora — disse Rafa.

— Mas o celular da mamãe filma! — lembrou Chico. — Vamos lá pegar!

Não era naquele dia que aquela inconfidência carioca ia sair! Mas melhor que entrar para a História era mostrar para todo mundo que se entrou para a História! Os três voltaram à casa do seu Quim para pegar o celular da dona Sandra, às escondidas, é claro. Com o celular, voltaram

à Rua Direita e registraram tudo! Enquanto a Ludi pintava as portas, o Rafa filmava e o Chico iluminava, até que alguém gritou bem alto:

— Está aí o Vidigal!

O major Vidigal era ninguém mais ninguém menos que o chefe da polícia daquela época. Era um homem alto, gordo e pesadão. Temido por todos, mandava e desmandava, prendia e arrebentava. Era o terror da colônia. Rafa, Chico e Ludi olharam, pasmos, para aquele homenzarrão e perceberam que a independência do Brasil, que acabara de começar, estava indo para o brejo.

— O que é que os molecotes estão a fazer?! Pintando por cima das iniciais do Príncipe Regente?! Como ousam?!

Vidigal andava vagaroso na direção dos três com uma chibata na mão. Eles iam apanhar de chicote!

— Vou levá-los para a Casa da Guarda! E depois para a cadeia!

Foi então que o Rafa disse baixinho:

— Irmãos, é preciso coragem!

— Qual é o plano?

— O plano é... correr!

Os irmãos Manso saíram correndo em disparada, como nunca, jamais, em tempo algum tinham corrido em suas vidas.

— Bem que a mamãe falou que a gente ia precisar desses tênis!

— Não fala, Chico. Corre!

— Sebo nas canelas!

Vidigal e seus soldados ficaram atordoados.

— Toca, granadeiros!

— Mas esses moleques voam, major! O que eles têm nos pés?

Ludi, Rafa e Chico voaram mesmo. Correram, esbaforidos, pela Rua Direita, deixando o major Vidigal e seus guardas comendo poeira. Quando já estavam quase entrando na Rua do Piolho, ouviram o som forte de uns tambores e atabaques.

— O que é isso?!

— Parece a Timbalada...

Eram os temidos capoeiras! Um grupo de escravizados fugidos e alforriados que praticavam aquela dança que, na verdade, era uma luta. A capoeira era uma forma que os escravizados tinham de resistir à opressão e por isso mesmo era proibida na colônia. O grupo de capoeiras olhava para os irmãos Manso com uma cara nada amigável.

— Ops! Acho que estamos fritos aqui também! — cochichou Chico.

— Calma, vamos tentar um diálogo. A gente diz que é contra a escravização!

— Rafa, acho melhor a gente dançar conforme a música — disse a irmã, dirigindo-se para perto dos capoeiras.

— Ludi! Você *tá* louca! — gritou o irmão mais velho.

Ludi foi se chegando e timidamente arriscou uns

passos de capoeira. Aqui abro um parêntese, que na verdade são dois-pontos: antes da escolinha de futebol, a Marquesa fez capoeira às terças e quintas, depois da aula. Fecha parêntese. Primeiro a Ludi fez o aú, que também é conhecido como estrela: mãos no chão, depois os pés para o alto e termina em pé. Depois fez uma tesoura, uma meia-lua e vários outros passos e golpes. Os capoeiras acharam aquilo uma coisa fora do comum: uma menina branca, cheia de ginga, tentando lutar capoeira?! Eles foram abrindo sorrisos e começaram a bater palmas. Rafa e Chico resolveram também entrar na dança. No final, os capoeiras deixaram os irmãos Manso passar. Os três acenaram e entraram rapidinho na casa do seu Quim, sem acreditar que tinham sobrevivido a tantas aventuras na noite movimentada do Rio colonial.

QUANDO RAFA, LUDI E CHICO pularam na rede, crentes que iam finalmente desmaiar e dormir o sono dos justos, eis que dona Sandra e Marga entram, animadas, para acordar a turma:

— Crianças! Chega de rede!

— Ah, não, mãe... só mais 12 horas...

— Doze horas?! Não, nada disso! Vamos lá! O sol já raiou e o galo já cantou!

Depois de um tempo, os três, trôpegos, apareceram para o café colonial.

— Bom dia, crianças! Dormiram bem?

— Dormimos muito bem, seu Quim, obrigado.

— As suas redes são ótimas. Dormimos como pedras. Não é, Chico?

— É verdade. Foi uma bela noite de sono... — disse o irmão, bocejando.

— Ih, quando tem muito elogio assim é porque aí tem coisa... — disse Marga, desconfiada.

Seu Marcos, ansioso para conhecer Dom João, apressou a criançada.

— Então vamos tomar café e ver se esse desembarque finalmente sai ou não sai!

— Crianças, vocês viram o meu celular? Já procurei por toda parte e não achei — comentou dona Sandra, totalmente esquecida do seu Quim ali presente.

— Celular? O que é isso? — perguntou ele, sem entender.

Ludi, Rafa e Chico tremeram dos pés à cabeça. Eles tinham perdido o celular de dona Sandra! Mas como?!

A mãe da Ludi não sabia o que dizer para o seu Quim e ficou que nem boba tentando se explicar:

— Eu disse celular? Não... eu quis dizer...

— A Sandra quis dizer "meu colar" — disse seu Marcos, socorrendo a esposa. — Ela quer estar bem bonita para o desembarque, não é, Sandra?

— É... — confirmou, sem graça. — Meu colar sumiu...

Os irmãos Manso se levantaram, desordenados, um atropelando o outro. Chico procurou na mochila e nada. Ludi foi ver nas redes e neca. Rafa revistou os bolsos e lhufas. Onde tinha ido parar o celular?! E o primordial: onde teriam ido parar os primeiros registros da inconfidência carioca?

— Será que ele caiu no chão na hora da corrida?

— Corrida? Que corrida? — perguntou dona Sandra, sem compreender aquela excessiva preocupação dos meninos.

— Não, eu quis dizer caminhada, mãe. Quando a gente veio para cá... — disse Ludi, enrolando.

Depois de um tempo, seu Marcos, seu Quim e Marga já estavam prontíssimos, em pé na porta, esperando a turma.

— Quem vem vamos! — gritou seu Marcos. — Não podemos perder o bonde, ou melhor, a nau da História!

Ludi, Rafa e Chico decidiram ir andando de olhos bem abertos, torcendo para acharem o celular perto da Rua Direita. Dona Sandra disse às crianças que relaxassem, afinal eles estavam ali assistindo a um momento histórico e não era para se estressar com aquilo. Só que "aquilo" era onde estava o registro do nascer da independência do Brasil.

O RIO COLONIAL foi em peso ao Largo do Paço para ver o tão esperado desembarque. O céu estava azul e o sol brilhava mais que nunca. A ansiedade era grande para ver o Príncipe Regente. Finalmente, a Família Real desembarcou do navio para um bergantim real, uma barcaça com um toldo luxuoso. E o povo todo fez:

— Oh!
— Quanto luxo!
— Quanta riqueza!

A embarcação atracou em frente à praça, onde foi montado um altar. Lá a realeza foi banhada com água benta e depois seguiu pela praça até o Convento das Carmelitas sob os olhares admirados de todos os brasileiros.

— Mãe, pai! — gritou Ludi. — A gente tem de chegar mais perto! Assim de longe não vai dar para contar!

— Ludi, algo me diz que nós não vamos conseguir fazer isso, filha. É muita gente.

De fato, não dava nem para sonhar em contar. Era um mar de portugueses chegando. Os cariocas se aglomeravam nas ruas, nas encostas do Morro do Castelo, até nos telhados das casas havia gente sentada. O povo olhava, admirado: a Família Real no Novo Mundo! Era um acontecimento assombroso. As pessoas da colônia, que só conheciam o Príncipe Regente de estátuas, moedas e algumas gravuras, agora o viam, pasmadas, ali na frente delas em carne e osso. Muitos se perguntavam: o que teria feito essa Corte viajar milhares e milhares de quilômetros, aguentar tempestades e privações em alto-mar para vir parar aqui?

A Corte portuguesa, visivelmente cansada e assustada, olhava para os colonos também muito espantada: que calor era aquele? Como eles podiam viver numa terra tão quente? Animais nas ruas! Que província! Como o Rio era pequeno! Só algumas ruas, o resto era mato! E quantos homens e mulheres negros! Eles estavam na África ou no Brasil? E os escravizados estavam sem camisa! Aquilo tudo era chocante para os europeus, tão branquinhos, que até pareciam fantasmas.

Além de muito brancas, os colonos acharam as mulheres carecas do *Afonso de Albuquerque* estranhíssimas. Que moda de turbante era aquela? Mas os vestidos franceses eram lindos, as luvas de seda e as joias causaram a maior inveja.

E Dom João? Dom João deve ter decepcionado um pouquinho: era baixo, barrigudo e não se parecia em nada com um príncipe encantado, mas pelo menos tentava sorrir para a multidão. Dona Carlota estava séria, toda de preto, sem joias e com um turbante na cabeça que deixava ver que o cabelo tinha sido raspado. A Princesa fazia questão de mostrar que não quisera jamais em sua vida ter posto os pés naquela terra. Não dava nem um sorrisinho. E a Rainha, Dona Maria? Fez alguma loucura? Plantou bananeira? Cantou uma ópera? Não. Dona Maria estava muito calma, mas, por precaução, preferiram que ela só saísse da sua nau dois dias depois da chegada.

Durante a missa de boas-vindas, o povo esperou nas ruas e no Largo do Paço. Seu Marcos, dona Sandra, Marga e seu Quim ficaram por ali vendo a alegria das pessoas e ouvindo a música que era tocada por toda parte.

— Que alegria a desse povo, hein, seu Marcos?

— É, Marga. Para eles, a vinda do Príncipe é quase um milagre...

Vendo que os pais estavam distraídos, Ludi resolveu tirar a bola da mochila e fazer umas embaixadinhas. Ela se afastou um pouco da família e levantou um tantinho o vestido para jogar. Dali a pouco apareceu um menino muito diferente daqueles da colônia. Ele vestia uma roupa bacana, com casaca e botas, e parecia até um pequeno príncipe. Mas tinha uma cara de enfado, parecia muito aborrecido, até que viu a Ludi e mudou de humor, ficou admirado: a garota jogava bola com os pés! Que jogo era aquele? A Marquesa jogava sem se dar conta da presença do garoto que, muito desinibido, perguntou:

— Posso jogar bola com você? Jogue-a para mim!

Ludi, distraída, disse sem reparar no menino:

— Eu não dou bola para qualquer um...

— Mas eu não sou qualquer um. Sou Dom Pedro de Alcântara Francisco Antônio João Carlos Xavier de Paula Miguel Rafael Joaquim José Gonzaga Pascoal Cipriano Serafim de Bragança e Bourbon! Mas pode me chamar de... Dom Pedrinho!

Ouvindo aquele nomão todo, a Marquesa levou um baita susto. Parou de jogar e finalmente reparou no menino: era Dom Pedro I, na frente dela! O homem que faria a independência do Brasil, o homem que daria o grito do Ipiranga, o futuro Imperador do Brasil! Ludi não sabia o que fazer: se pedia um autógrafo, se perguntava como foi de viagem, se... se... se... Mas, espera aí, estava faltando alguma coisa naquele Dom Pedro.

— Cadê aquela sua barba diferente?

Ludi estava se referindo às famosas suíças de Dom Pedro.

— Barba?! Eu?! Sou muito criança para ter barba. Só tenho 9 anos! Então, vamos jogar? — insistiu, de olho na bola.

— Mas você não tinha de estar ali na missa? Com seus pais, seus irmãos? — perguntou Ludi, ainda boba.

— Odeio cerimônias reais. Não nasci para ser Príncipe. Eu gosto mesmo é de ficar nas ruas com o povo. Queria ser um Manuel, um Joaquim qualquer e não Dom Pedro de Alcântara Francisco Antônio...

— Já sei, já sei. Não precisa falar tudo de novo, não!

— Mas, então, vamos jogar?

— Então *tá*... Este jogo se chama futebol. É assim...

Ludi explicou que, no futebol, o jogador só podia tocar a bola com o pé, a cabeça e o peito. Não podia pegar com a mão de jeito nenhum, só o goleiro. Dom Pedrinho achou aquilo uma dificuldade, mas até que conseguiu dar uns passos. Ele foi se animando, tirando a casaca, arregaçando as mangas e tirando as botas, que eles usaram para marcar o lugar das traves do gol. Correram, jogaram, se acabaram até aparecer um empregado real aflitíssimo atrás dele:

— Dom Pedrinho! Venha! Já é hora de o cortejo real sair! A missa está a acabar!

— Já?! Bem, então... Vosmecê vem comigo! — disse, pegando na mão da Ludi.

— Eu?! Não posso! Se eu for, meu pai me mata. Na verdade, eu nem podia estar aqui longe deles...

Dom Pedrinho não quis nem saber, já foi levando a Marquesa para o cortejo real com bola e tudo.

— Mas eu sou do povo, sou da plebe! O que vou fazer no meio da nobreza?

— Eu lhe darei um título de nobreza! Você quer ser Marquesa, Viscondessa ou Duquesa? Pode escolher!

Ludi pensou em dizer que já era a Marquesa dos Bigodes de Chocolate, apelido dado por dona Sandra, mas o futuro Imperador não lhe dava ouvidos. Quando a procissão começou, os dois se posicionaram bem ali no meio da Família Real! Ludi, boquiaberta, estava simplesmente do lado de Dom Pedro, Dom Miguel, Dona Maria Teresa, Dona Maria Isabel, Dona Maria Francisca, Dona Isabel Maria e das pequeninas, Dona Maria Assunção e Dona Ana de Jesus Maria. Ufa! Era muita Maria numa família só! E lá na frente iam Dom João e Dona Carlota Joaquina. Na saída da igreja o povo aplaudia e gritava:

— Viva o Príncipe Regente! Viva!

Enquanto isso, em algum lugar no Largo do Paço, a família Manso e seu Quim procuravam Ludi desesperadamente:

— Ai, Marcos! Cadê a Ludi?! Minha filha perdida nesta multidão!

— Mas que menina para dar trabalho! — reclamou Marga.

Seu Marcos decidiu colocar o Chico, que era magrinho, nos ombros para ele procurar a irmã com o binóculo lá de cima. Chico observou tudo muito bem "urubuservado" e... viu a Ludi ali, no meio do cortejo real. Não dava para crer!

— Pai, mãe! Vocês não imaginam o que eu *tô* vendo!

— O que é, Chico? Fala logo!

— A Ludi!

— Mas onde, filho?

— Ela *tá* no meio da Família Real!

— O quê?!!!!! — gritou seu Marcos, quase caindo para trás. — Mas o que a Ludi pensa que está fazendo lá?

— Que traidora! — protestou Rafa. — De noite quer a independência e de dia já está bajulando a Família Real...

— Será que a menina Ludi não está perdida lá no meio? — sugeriu seu Quim.

— Vamos até lá! — decidiu seu Marcos, danado com a filha.

Assim foi feito: foram todos pedindo passagem aqui e acolá, para ver se, com jeitinho, conseguiam chegar perto do cortejo. Começaram a acenar e a chamar:

— Ludi, sai daí!

— Ludi, vem para cá!

— Milha filha, o que você está fazendo aí?

Quando a Marquesa os viu, deu o maior sorriso, pulou, acenou e, sem querer... deixou a bola cair! Ludi saiu correndo atrás da bola antes que alguém tropeçasse... Tarde demais! A bola foi parar bem nos pés de Dona Carlota Joaquina, que tropeçou e levou um belo tombo! O cortejo parou. Tudo parou. A música desafinou e o

povo fez: "Ooohhh!". Dom João ajudou a esposa a se levantar e ela, ao se recompor, fez uma cara de dragão enfurecido, soltando fogo pelas ventas. A Marquesa até se lembrou da Rainha de Copas, de *Alice no País das Maravilhas*, e achou que Dona Carlota ia gritar "Cortem-lhe a cabeça! Cortem-lhe a cabeça!".

Mas a princesa esperneou e gritou outra coisa:

— Quem foi *el cretino* que deixou essa *pelota* cair no meio *del camino*?!

— Desculpe, Majestade... Alteza. Foi sem querer — disse Ludi, tremendo dos pés à cabeça.

— *Usted* sabe com quem está *hablando*?! Com a Princesa de Portugal!!! Dona Carlota Joaquina de Bourbon e Bragança! Ajoelhe-se!

Ludi não sabia o que fazer. Só tremia e se protegia com a bola. Dom Pedrinho, vendo a confusão, saiu da sua posição e foi até a mãe.

— Calma, mãe. Ela é minha amiga!

— Sua amiga? Pedrito! *Usted no puede* ver uma *niña* que fica logo amiguinho, não é?

Dom João correu para socorrer o futuro Imperador do Brasil:

— Deixe o Pedrinho, Carlota. Agora vamos andar, que o cortejo tem de continuar.

— *Usted sabe muy bien que yo no queria estar nesta tierra* de... selvagens!

— Carlotinha, não vamos começar com essa discussão agora...

Seu Marcos e dona Sandra, vendo que o cortejo havia parado por causa da filha, foram até lá e a trouxeram de volta.

— Perdão, Alteza! Nossa filha se perdeu!

— Pai! Mãe! Eu posso explicar tudo...

— Ajoelhem-se! — berrou Dona Carlota, que só sabia falar assim. — Aqui ninguém sabe que é obrigação do povo ajoelhar-se na frente dos seus soberanos! É *una tierra* de ignorantes!

Aqui no Brasil, Dona Carlota Joaquina chegou a mandar chicotear quem não se ajoelhava quando ela passava, e seu Marcos sabia muito bem disso. O professor puxou a mulher e a filha, e os três obedeceram.

— Perdão, Alteza! Seja bem-vinda!

— *Muy bien*! Assim é que *yo gosto*. *Pueden* levantar agora.

Enquanto eles se levantavam, Dona Carlota deu um sorrisinho e simplesmente piscou para o seu Marcos!

— Quero que *usted* vá à cerimônia do beija-mão hoje! E lá nós *hablaremos* mais à vontade.

Dona Sandra ficou passada. Que desaforo! Quem essa piolhenta pensava que era?! Tratou de rebocar o marido e a filha de lá.

— Sim, eu e meu marido iremos, Alteza.

A Princesa fez uma cara horrível para dona Sandra. Ludi pegou a bola e deu um tchau para Dom Pedrinho. A família Manso retirou-se às pressas do meio da realeza e finalmente o cortejo continuou. A música recomeçou e o povo voltou a bater palmas e a gritar:

— Viva o Príncipe Regente! Viva!

DONA SANDRA E SEU MARCOS estavam por aqui com a Ludi e quanto mais a Marquesa explicava que não queria ter entrado no cortejo, que tinha sido ideia de Dom Pedrinho, mais ela se enrolava.

— Acho que ele gostou de jogar bola comigo...

— Não acredito! Você jogou futebol com Dom Pedro, minha filha?! — escandalizou-se o pai.

— Futebol? O que é isso? — perguntou seu Quim, que não estava entendendo nadica de nada, até a Marga explicar:

— Ah, é um jogo de lá... da nossa região. É um monte de gente correndo atrás de uma bola tentando fazer gol.

— Gol?

Seu Marcos continuou a bronquear com a filha:

— Ludi, nós tínhamos combinado que era para a gente ficar incógnito, que não podia jogar bola e não podia falar do futuro.

— Mas, pai, é que a missa estava demorando muito e eu tenho de treinar para a Olimpíada!

— E se a gente fosse embora, hein, seu Marcos? Hein, dona Sandra? — sugeriu Marga, louca para voltar para casa.

— Mas já?!!! — protestaram as crianças, em coro.

— A gente ainda nem fez a inconfidência carioca — comentou Chico, distraído.

— Chico! — repreendeu Rafa.

— Ih, foi mal...

— Que história é essa de inconfidência carioca?!

— Nada não, mãe... É que o Chico pirou e pensou que a gente estava na época do Tiradentes.

Dona Sandra notou que aquela história estava muito mal contada.

— Acho que a Marga tem razão. Vamos voltar. Algo me diz que o perigo é iminente, já, já vai acontecer alguma coisa — disse, desconfiada, encarando os filhos.

— Que perigo, mãe? *Tá* tudo bem.

Seu Marcos, ao contrário, nem percebia a armação dos filhos e não queria perder a ocasião de ver uma cena histórica.

— Mas, Sandra, isso é imperdível. A cerimônia do beija-mão era a marca do período joanino...

— Período o quê?!

— Joanino. É o nome dado ao tempo que Dom João passou no Brasil.

Mesmo sem entender muito bem essa história de "período joanino", seu Quim fez coro com o professor:

— Eu também gostaria muito de conhecer Dom João pessoalmente.

— Boa! — gritou Rafa. — Vamos lá para o beija-mão e seu Quim pede uma mesa para trabalhar. Não é nessa cerimônia que todo mundo pede as coisas?

— Será? Creio que não devo pedir nada. Nem dei a minha casa para o Príncipe... — disse seu Quim, constrangido.

— No que fez muito bem, seu Quim — opinou Marga.

Depois de muita insistência das crianças e do seu Marcos, dona Sandra acabou cedendo ao apelo popular.
— Tudo bem... Diga ao povo que nós ficamos!
— Oba!!!

A FAMÍLIA MANSO E SEU QUIM entraram no Paço Real e subiram até a Sala do Trono. Ficaram em um cantinho, observando tudo. Na cerimônia do beija-mão havia uma fila interminável.

— Nossa! Quanta gente!

— Foi daqui que o brasileiro começou a gostar de fila — constatou Marga.

Seu Marcos começou a contar:

— Dom João recebia a todos: generais, gente do povo, camponeses, ex-escravizados e os próprios portugueses recém-chegados. Todos queriam tocar no Príncipe e pedir alguma coisa a ele. Era um momento em que os súditos podiam ter algum contato com o Príncipe Regente. Dona Carlota ficava ao lado do marido, achando tudo uma chatice. Seus filhos, então, nem se fala. Todos queriam brincar lá fora, mas muitas vezes tinham de ficar na cerimônia. O povo se ajoelhava e fazia uma reverência para Sua Alteza. As pessoas pediam emprego, ajuda, mas também ofereciam presentes à Família Real. O Príncipe, logo no começo da sua estada, recebeu de um rico comerciante um palácio em São Cristóvão, na Quinta da Boa Vista, que, na época, era uma região rural afastada do Centro. Logo depois, o comerciante recebeu, além de um pagamento, uma pensão vitalícia e um título de cavaleiro.

— Ué, mas então o palácio não foi presente nada. Foi comprado!

— Fala baixo, Ludi! Estamos na Sala do Trono!

— A verdade é que o beija-mão acabou virando uma troca de favores, e os brasileiros foram percebendo que os portugueses ligados à Corte enriqueciam sem explicação. Os melhores empregos do novo governo eram dados aos portugueses.

— Isso significa que o Rio virou Lisboa — disse dona Sandra.

Marga foi além:

— E significa também que o tal do período joanino foi um toma-lá-dá-cá, uma roubalheira danada...

— Calma, Marga... estamos na Sala do Trono... O período joanino mudou a história do Brasil e do Rio de Janeiro. A cidade toda foi reformada, aliás, por um dos poucos brasileiros que trabalhou no governo: Paulo Fernandes Viana.

— E o que ele fez, pai?

— Viana pavimentou muitas ruas, drenou os charcos, arrumou as praças, enfim, deu uma bela arrumada

no Rio. Mas a cidade ganhou também um grande presente de Dom João: o Jardim Botânico, de que vocês tanto gostam. No começo, ele foi criado para aclimatar as especiarias vindas das Índias, por isso se chamava "Jardim de Aclimação".

— Eu sei, Dom João plantou lá a primeira palmeira-imperial — disse Rafa.

— E você sabe como essa palmeira veio parar aqui? — perguntou seu Marcos, respondendo logo em seguida. — Essa é uma história engraçada. Um grupo de portugueses, depois de naufragar em Goa, na Índia, foi preso em uma colônia francesa, Île de France, que hoje é a República de Maurício. Um deles escapou do cativeiro, mas antes roubou mudas de plantas e ervas que não existiam aqui no Brasil: abacate, noz-moscada, canela e, o mais importante, a palmeira-imperial! Depois deu os frutos de sua "biopirataria" para Dom João.

Súbito, no meio da cerimônia, adentrou a sala ninguém mais, ninguém menos que o major Vidigal. As crianças logo o reconheceram e se abaixaram.

— Caramba! É o Vidigal!

— *Taí* o perigo iminente que a mamãe disse!

O major se aproximou do Conde dos Arcos e depois os dois foram falar com o Príncipe:

— Majestade, desculpe interromper, mas os portugueses estão sem ter onde morar!

— Ora, pois, e os melhores sobrados do Rio? Desaproprie-os para Sua Alteza Real! — ordenou o Príncipe.

— Nós fizemos isso, Majestade, mas o major Vidigal viu alguns conspiradores pintando por cima dos PRs ontem de madrugada!

Nessa hora, dona Sandra e seu Marcos olharam, atônitos, para os filhos e perceberam tudo:

— Ludi, vocês não...

— Rafa, não me diga que vocês...

— Chico... foram vocês que pintaram os PRs?

— Fomos nós, sim. Era a nossa inconfidência carioca... — confessaram os três.

Seu Marcos não perdeu tempo; pegou a família toda e foi se retirando e se despedindo.

— Seu Quim, foi um prazer muito grande. Até qualquer dia e muito obrigado pela hospedagem.

— Adeus, seu Quim! Espero que o senhor consiga uma mesa!

— Adeus! Obrigado por tudo também! — disse seu Quim, muito emocionado.

Ele derramou algumas lágrimas e assoou o nariz tão alto que chamou a atenção de Dom Pedrinho, que deu um pulo lá do trono e gritou para Ludi:

— Ei! Vosmecê veio! Vamos jogar?

— Agora eu não posso... fica para a próxima... — sussurrou a Marquesa, se escondendo atrás da mochila.

Quando Vidigal viu com quem Dom Pedro estava falando, reconheceu a Ludi, o Rafa e o Chico imediatamente e começou a esbravejar:

— São eles! Os conspiradores! Prendam-nos!

"Que enrascada! E agora?", pensou Ludi, mas não teve tempo de imaginar uma solução. Os guardas prenderam as crianças e as levaram para a frente do trono.

— Ajoelhem-se! — bradou Dona Carlota, como de costume.

— Agora não é hora para isso, Carlotinha! — reclamou Dom João e, dirigindo-se aos três, perguntou: — Vosmecês conspiraram contra a Coroa?! Pintaram os PRs?

Dona Sandra, seu Marcos e Marga se apressaram em socorrer as crianças.

— Não! Fomos nós, Alteza! Nossos filhos não têm nada com isso. São crianças...

Dona Carlota reconheceu o seu Marcos.

— *Usted*!

— Nossos pais são inocentes! — gritou Rafa. — Fomos nós que pintamos as portas.

— Nós queríamos fazer a independência logo!

— Independência?! O que é isso? — perguntou Dom Pedrinho, curioso.

— Nada não, Pedrinho — disse Dom João, querendo despistar.

— E a gente tem como provar! — disse Ludi.

— Como??? — perguntou o Príncipe.

— Como??? — perguntou seu Marcos.

— Bom, é só a gente achar o celular da mamãe.

— Celular??? Mas o que é isso, ora, pois?

— Ah, é uma caixinha preta assim que tem uma filmadora dentro e toca uma música quando alguém liga.

De repente Vidigal tirou do bolso nada mais nada menos que o celular de dona Sandra.

— É isso?!

— Meu celular! — gritou ela.

Ludi pegou o aparelho e mostrou a imagem dela pintando as portas ao Príncipe. Seu Marcos e dona Sandra fecharam os olhos para não ver o Príncipe tendo um colapso. Mostrar um telefone celular com filmadora a uma pessoa de 1808 era a mesma coisa que mostrar a roda ao homem das cavernas. Dom João fez uma cara de espanto, parecia que estava vendo um fantasma.

— Mas vosmecê está aqui na minha frente, como pode estar também aqui nessa caixinha?

— Majestade, na verdade, nós e meus filhos não somos desta época — confessou seu Marcos. — Somos do futuro.

Na Sala do Trono ninguém se mexia, o clima era de tensão e de assombro. Só Dom Pedrinho achou tudo muito natural.

— Do futuro?! E o que acontecerá no futuro?

— Bem... daqui a alguns anos, Napoleão vai cair.

Dona Carlota vibrou:

— Jura? *Entonces* voltaremos para casa!

— Sim, mas, antes, vocês ficarão 13 anos aqui.

— Treze anos nesta *tierra*! *No* posso crer! Mas de quem vai ser essa ideia cretina? — gritou ela, encarando Dom João.

— Você vai fazer a independência! — disse Ludi para Dom Pedrinho.

— Eu?! Mas eu nem sei o que isso...

Nesse momento, Dom João se levantou subitamente e ordenou:

— Morte aos conspiradores! Vosmecê e sua família são rebeldes e querem instalar a anarquia na colônia!

— Ai, meu São Benedito! Eu sabia que isso ia acabar mal!

A família Manso gelou: eles seriam executados! Mas, de repente, "derrepenguente", no meio daquele tumulto, o celular de dona Sandra começou a tocar. Dom João jogou o aparelho para cima, e ele foi parar no meio da sala. Ninguém entendeu patavina. Como podia haver música sem músicos presentes, sem instrumentos? Todos se esconderam atrás do trono, assustados, como se o celular fosse uma bomba. Seu Marcos olhou para a turma, que entendeu por telepatia a ordem: saída pelo Largo do Paço!

A família Manso saiu em disparada. Feito loucos, todos desceram as escadas e atravessaram a praça do paço inteira. Quando já estavam entrando no Arco do Teles, Dom Pedrinho, que foi o único que correu atrás deles, chegou para se despedir da Ludi.

— Acho que nós não nos veremos mais, não é?

— É... mas, olha, toma esta bola para você!

— Para mim? Obrigado! — disse ele, dando um beijo na bochecha da Ludi.

A Marquesa levou um susto e ficou estatelada na frente dele.

— Vamos, Ludi! — gritou Rafa.

— Tenho de ir! Tchau! E vê se faz a independência direitinho!

Ludi se afastou de Dom Pedro e entrou com a família no arco. A Marquesa, os irmãos, os pais e Marga deram-se as mãos e começaram a girar e a rodar sem parar, mas nem todos conseguiam se concentrar no Rio de 2008. Dona Sandra pensava no seu adorado e idolatrado celular, Ludi no beijo do Dom Pedrinho, Chico no seu Quim, que infelizmente não era o seu tatatataravô, e Rafa fez uma pergunta bem na hora em que a ventania mágica do Arco do Teles estava para começar:

— Pai, quando Dom João foi embora do Brasil?

— No dia 25 de abril de 1821!

Depois do grito do seu Marcos, uma ventania forte começou e foi aumentando, aumentando, até que arrastou toda a família para o outro lado do Arco do Teles.

TODOS ESTAVAM NO CHÃO ainda zonzos. Era madrugada e fazia um certo friozinho. Dessa vez as crianças se levantaram primeiro e foram ajudando os pais e Marga a acordar. Enquanto eles se levantavam, notaram que estava um breu danado:

— Que horas são?

— Parece que ainda vai amanhecer...

A turma reparou que a cidade ainda tinha um ar de passado, apesar de estar mais limpa e calçada, mas a Travessa do Comércio ainda era o Beco do Peixe!

— Ainda estamos no passado!

— Ai, meu São Benedito! Será que esse Arco do Teles pifou?

— Pai, tem um monte de gente ali na praça! Olha! — exclamou Rafa.

O Largo do Paço estava lotado de escravizados carregando malas, baús e caixotes. As pessoas andavam com pressa, como se não quisessem ser vistas.

— Parece que eles estão fugindo! — disse dona Sandra.

— Descobri o mistério! Já sei em que ano a gente está — disse Chico. — O papai gritou a data da partida da Família Real na hora da ventania e nós viemos para cá!

— Então é só a gente voltar para o arco e fazer tudo de novo — disse Marga, aflita, já tocando a turma para dentro.

— E se a gente desse uma espiada? — sugeriu Rafa.

Aquele era um dilema "retrós": ficar ou não ficar para ver a partida da Família Real?

— Ah, pai, mãe! A gente não pode perder a oportunidade de ver o bota-fora do período joanino, não é? — disse Ludi, imitando seu Marcos.

É claro que o professor concordou com os filhos. Marga é que não acreditou. Aquela família não tinha jeito! Lá foram eles presenciar os últimos minutos de Dom João e Dona Carlota no Rio.

As coisas estavam muito diferentes da chegada. No bota-fora não havia mais festa, nem beija-mão, nem fogos, nem música. O clima era de fuga, de tensão.

— Mas por que esse clima, pai? — perguntou Rafa.

— Depois de tanto tempo sendo governados pelos portugueses, muitos brasileiros já estavam cansados da corrupção que havia se instalado e não queriam mais um Rei absolutista, ditador. O clima já era de independência. Dona Maria, a Louca, morreu aqui no Brasil e Dom João foi aclamado Rei de Portugal. Os portugueses também queriam o seu Rei de volta, pois tinham medo que a oposição fizesse uma revolta por lá.

Nisso eles viram Dona Carlota, a única pessoa da Corte que teve coragem de enfrentar a multidão, descendo a rampa para pegar o bergantim. Ludi notou uma coisa estranha pendurada no colar da rainha. Sem acreditar no que via, pegou o binóculo do Chico, espiou e gritou:

— É o celular da mamãe!

— O meu celular? Mas o que aquela desvairada está fazendo com o meu celular?

Ludi e dona Sandra se desgarraram dos outros e foram até lá antes que o bergantim zarpasse:

— Ludi! Sandra! Voltem aqui! Deixem essa porcaria de celular pra lá! — gritou seu Marcos, mas não adiantou nada.

Quando a Rainha embarcou, tirou os sapatos, bateu com eles na borda do barco e disse:

— *Desta tierra yo no quiero nem o pó!*

Dona Sandra e Ludi pularam no pescoço dela.

— Não vai levar o pó nem o celular, Dona Carlota Joaquina dos Anzóis Pereira!

— Devolvam o meu talismã! Ajoelhem-se! — gritava ela, desarvorada.

Ludi e dona Sandra saíram correndo, mas dessa vez ninguém foi atrás delas, porque a Corte queria mesmo era dar no pé! Os navios partiram e o clima era de "Já vão tarde". Nem um choro, nem um lenço branco de despedida. Nada. Só Dom Pedrinho, que agora era Dom

Pedro, e Dona Leopoldina, sua primeira mulher, ficaram muito tristes com a partida dos Reis. Quando Ludi viu o futuro Imperador, reparou que Dom Pedro já tinha as suíças e segurava alguma coisa com o pé: era a sua bola de futebol!

A FAMÍLIA REAL VOLTOU PARA PORTUGAL
e a família Manso tinha de voltar para casa. Marga, dona Sandra, feliz da vida com seu celular, seus filhos e o marido foram se encaminhando para o Arco do Teles novamente. Dessa vez, Marga exigiu concentração:

— Gente, vamos pensar no Rio do nosso tempo, chega de pensar em rei e rainha!

Todos deram-se as mãos, giraram muito, até que dona Sandra gritou:

— Adeus, Rio colonial!

— Adeus, período joaninho!

— É joanino, Ludi!

— Rio de 2008, lá vamos nós!

A ventania começou e foi aumentando, aumentando, até que arrastou a família Manso para o outro lado do Arco do Teles.

Quando a turma chegou, um a um foi acordando com o barulho dos ônibus, as buzinas dos carros, a poluição, os camelôs, o corre-corre da cidade. Finalmente estavam de volta ao Rio de 2008.

— Ai, nem acredito! Estamos de volta! — disse Marga, a primeira a se levantar. — Como é bom respirar este ar poluído!

— Que tal se a gente fosse fazer um lanchinho na Confeitaria Colombo? — sugeriu Ludi. — Estou com uma fome!

— Vamos ser mais originais, minha filha. Podemos ir ao Paço Imperial, ali tem um café tão simpático...

— Ótimo! — disse seu Marcos. — Vou aproveitar e contar mais coisas que Dom João fez no Rio: ele criou escolas, a Imprensa Régia, a Biblioteca Real, que hoje é a Biblioteca Nacional...

— Não, pai, aula não!

No meio do papo, tocou o celular de dona Sandra. Quem seria?

— Alô! Pacheco?! É você?! — gritou ela, feliz da vida. — Tudo bem? Você estava me procurando? Ah... é que eu estava um pouco ocupada... O quê? Você quer que eu cubra a festa dos 200 anos da chegada da Família Real? Pacheco! Você falou com a pessoa certa!

E a família Manso foi caminhando pela Praça XV muito animada, falando, rindo e relembrando os momentos emocionantes e engraçados que todos passaram no Rio de Dom João VI.

REFERÊNCIAS BIBLIOGRÁFICAS

FARIAS, Patrícia Silveira de. *Pegando uma cor na praia: relações raciais e classificação de cor na cidade do Rio de Janeiro*. Rio de Janeiro: Prefeitura do Rio, 2003.

GERSON, Brasil. *História das ruas do Rio*. Rio de Janeiro: Lacerda, 2000.

MATTOS, Ilmar Rohloff de *et al. O Rio de Janeiro, capital do Reino: as portas da cidade*. São Paulo: Atual, 2004. (Coleção A vida no tempo da Corte).

PORTA, Paula. *A Corte portuguesa no Brasil (1808-1821)*. São Paulo: Saraiva, 1997. (Coleção Que história é esta?).

SCHWARCZ, Lília; SPACCA. *Dom João: o carioca*. São Paulo: Companhia das Letrinhas, 2007.

WILCKEN, Patrick. *Império à deriva: a Corte portuguesa no Rio de Janeiro (1808-1821)*. Rio de Janeiro: Objetiva, 2004.

AGRADECIMENTOS

Muitos amigos juntaram-se a mim nesta nova aventura da Ludi pelo Rio de Dom João: Roberto Guerra, Francisco Vieira, Sônia Travassos, João Bastos, Ligia Massa, Laura e Cícero Sandroni. Meus agradecimentos a todos eles e também às editoras Bia Hetzel e Silvia Negreiros, que não só embarcaram no projeto deste livro como me ofereceram um porto seguro para ele.

Luciana Sandroni
Rio de Janeiro, fevereiro de 2008

A marca FSC® é a garantia de que a madeira utilizada na fabricação do papel deste livro provém de florestas que foram gerenciadas de maneira ambientalmente correta, socialmente justa e economicamente viável, além de outras fontes de origem controlada.

Esta obra foi composta em Bodoni Roman e Minion Pro e impressa pela Gráfica HRosa em ofsete sobre papel Alta Alvura da Suzano S.A. para a Editora Schwarcz em fevereiro de 2025.